零崎人識的人間關係

與戲言玩家的關係

西尾維新 NISIOISIN

Illustration take

零崎人識的人間關係

與戲言玩家的關係

Illustration take
Cover Design Veia

登場人物簡介

零崎人識（ZEROSAKI HITOSHIKI）——殺人鬼。

——戲言玩家。

佐佐沙咲（SASA SASAKI）——刑警。

江本智恵（EMOTO TOMOE）——大學生。

木賀峰約（KIGAMINE KAKU）——助教授。

圓朽葉（MADOKA KUCHIHA）——實驗體。

七七見奈波（NANANANAMI NANAMI）——魔女。

淺野美衣子（ASANO MIIKO）——打工族。

鈴無音音（SUZUNASHI NEON）——破戒僧。

哀川潤（AIKAWA JYUN）——承包人。

玖渚友（KUNAGISA TOMO）——技術者。

「想要確認那個祕密，作業程序似乎有些繁瑣，不過除了你之外，還有另一位男子也有著相同目的不是嗎？而他的個性凶殘，一旦知道你掌握了祕密，就算只是一些眉目，必定會殺了你，然後將祕密占為己有對吧？」

「不不，不是這麼一回事！」鬍鬚斑駁的男子近乎大喊地拉高音量說道。「據我所知，目前調查這祕密的只有我一人，但若有目標相同的男子出現也極為正常。他是誰，又或者是為了什麼而調查，說實話我無法想像。只不過，既然能預測如此情況，就不得不有所戒備。此外，道理雖然是一樣的，但目前為止，我並不打算表明自己的名字與身分。只要能順利落幕——這才是我現階段的期待——如果可以，不論是你或是其他人握有祕密的相關線索，我都打算視而不見。如何啊？探長先生。我認為自己已經相當坦白了……」

山姆終於開了口。

「喔，天啊！」他大聲抱怨著，握緊拳頭敲打著桌面。「恕我直言，一開始我以為你只是位相當奇特的人，而後又像是個故意前來取笑本事務所的麻煩人物。不過現在，我已經不知道該如何判斷，也無從分辨……而唯一能確定的，你必須馬上離開，否則，休怪我把你從事務所給轟出去！」

（DRURY LANE'S LAST CASE by Ellery Queen）

第零章

「無開場」

◆　◆

佐佐沙咲對名偵探就是沒有好感。

當然，身為京都府警搜查第一課課長的她，不喜歡偵探其實相當合理，也可說是正當的興趣嗜好，不過屏除這些——即使她不是位警察，也依然無法接受那荒唐至極的存在。

光想就覺得愚蠢。

甚至不願意思考。

那實在太過荒唐。

所謂的名偵探本來就只會出現於虛構的故事之中。

不——就因為如此。

就因為那些虛構的，杜撰的，捏造的，實際上不可能存在的故事——才讓沙咲如此否定名偵探這種職業。

大多的時候。

荒誕無稽即為他們存在的要因。

（也就是說。）

（我像是冷眼的看著娛樂作品般——）

一想到這，就忍不住自己嫌惡了起來。

對於自己幼稚的行徑感到厭惡。

明明都是大人了。

而她也很清楚，自己的想法並沒有受到限制——她也不是與那些期待名偵探登場的推理小說迷爭辯，因此，不論喜歡與否，全憑沙咲自己決定。

沒有人能夠多說什麼——

包括她自己也是。

思想的自由。

（思想。）

（這一點是重要的。）

思想這兩個字即是問題所在。

沙咲對名偵探的無好感，果然還是源自於她的立場——看起來就是如此，也不需要反駁什麼——如果搜查一課的課長是個無可救藥的推理迷，應該沒有部下受得了吧？『等等，我之前有在推理小說上讀到和這次案情極為類似的手法！』、『啊？』——不過，若讓她自己說明，那更重要的原因，最大的理由，其實是因為他們或她們名偵探的行為模式。

也就是——死腦筋的部分。

佐佐沙咲無法理解他們採取行動的原理。

某程度上，小時候的佐佐沙咲就是如此。

她不能容許她所不了解的事物。
更無法輕易放過。
如果使用遙控器，就可以遠距離操控電視——但連電視是如何播放影像的都不甚瞭解的她，在幼年時期有很長一段時間，完全看不了電視。收音機也是一樣，若沒有先將它解體就無法按下播放鍵，更別提電腦了——不知道有多少臺電腦，都在她的手上變得支離破碎。
無法容許黑盒子存在的女人。
那就是佐佐沙咲。
——話雖這麼說，其實妳根本具備了偵探的特質吧——看到這，內心一定忍不住會這麼想（不過，沙咲可是盡可能地想要隱瞞自己這部分的個性。），但她絕不是因為身為同類的嫌惡感而否定名偵探。
就如同字面上的意義。
完全超越了能夠理解的範疇。
（為什麼——）
（完全不懂——名偵探為什麼能如此積極的**解決殺人事件**呢？）
因為不理解。
所以——感到噁心。
因此——無法原諒。

以推理小說看來，那是形式上的美，而那必要的因素也就是犯罪調查，本來即為偵探不可或缺的部分，甚至無從質疑——不過，這一切在沙咲面前，一點意義也沒有，就如同要求她必須先理解電視的機能。

（——想要解開謎題。）

（——對知識的好奇心。）

她無法理解那些**動機**。

不不，這並不需使用到「形式上無法理解」此種嚴肅的說法——或者應該說，沙咲心中所懷抱的，是一種極為曖昧的感想。

沒有明確的答案。

同樣也不打算說些什麼嚴肅或是尖銳的評論。

更不會主張日本的偵探沒有搜查權或是不希望外行人踏入案發現場等排他意識——因此，才會認為那只是虛構的。

話又說回來。

如果是虛構的——就該按照虛構的道理。

對於說謊應該也很擅長才是。

從沙咲的立場，虛構本來就是為了欺騙對方並使其混亂。

如果不是如此——便無法理解。

（沒錯。）

（問題——就是動機。）

（以及——目的。）

理由。

想要解開謎題。

對知識的好奇心。

本身就是相當具體的結構。

就因為與沙咲有同樣的個性——所以也不打算否定那個理由。

（不過——名偵探……）

（他們都**不害怕**嗎？）

問題即在此。

就是這裡。

插手犯罪調查——也就是與犯罪者正面衝突。

只要有犯罪就有犯罪者。

殺人事件同樣也有凶手。

他們對此壓倒性的**事實**——竟毫無自覺。

若是出於社會正義的角度而行動，還算能夠理解——卻也不到接受的程度。不過，他們大多都不是為了這個理由。

純粹的——像是拼湊知識拼圖般，因為喜好而調查犯罪事件。

開什麼玩笑啊？

若只是為了解謎，只是為了滿足自己求知的好奇心，就乖乖去玩數獨遊戲吧！

真的有必要為了解決犯罪事件挺身而出嗎？

更何況是——殺人事件。

何須蹚這攤渾水。

（這麼做——）

不是很危險嗎？

沙咲的心情就像是看到在路邊玩捉迷藏的孩子。

無論例子是否過於極端，但在毫無自覺的部分，路邊玩耍的孩子與深入現場的偵探，其實並沒有太大差異。

在一旁看就覺得焦躁不安。

還會替他們捏一把冷汗。

所以——看不下去。

不忍直視。

而大部分的推理小說，並不會真的描寫出與罪犯正面衝突的風險——缺乏對於那恐懼的敘述。

當然，比起拼圖或是謎題，現實中所發生的殺人事件絕對更能引發人類的好奇心——若非如此，新聞性質的談話性節目就不會帶來那樣的效果及趣味性。

想要探究那具有張力的領域，刺激的舞臺——其實並不是不懂其心境。

至少能夠理解。

不過，該怎麼說呢？

（如果是我——）

（——若不是因為工作，完全不想與殺人扯上任何關係。）

絕對稱不上喜歡。

佐佐沙咲歧視犯罪者。

徹底的討厭殺人犯。

無論犯罪理由為何，都視同一律的厭惡。

至少，她是以那樣的心情面對現場——若不是如此，可能會因為害怕而雙腳發抖，難以站立。

雖然是按照自己的意志而當上了「人民保姆」。

也確實認為，若不是以社會正義為動機，應該很難持續下去。

不過，好奇心——不足。

如果只為了滿足好奇心——根本可以遠離現場，而在安全的範圍內眺望這一切就行了。

若是想要享受與罪犯間的智力遊戲，那方向可就錯誤了。

智慧型罪犯幾乎都不會與殺人事件有關——這麼說來，倒希望名偵探去解決那些金融界的鉅額詐欺事件。

他們所期望的智慧型罪犯都在那裡。

（所謂的殺人犯，基本上都是在一時衝動又沒有考慮到後果的情況下誕生的——平時就跟「普通人」沒什麼兩樣——）

普通人。

所以才可怕。

因為一些突如其來的原因而性格大變——那些人很可怕。

突然變成怪物的他們很可怕。

完全不想與他們對峙。

（而很可怕的那些人——）

（直到最後，都依舊非常可怕。）

（這不是一個能滿足好奇心的契機。）

（而必須解開的謎題——在殺人事件之中並不存在。）

在日本，殺人事件的破案率高達百分之九十七。

這樣的數據根本不需多做解釋。

（也就是說——大部分的案件，都是單純因為仇恨而犯案。）

無需解謎也沒有什麼稀奇的。

沒有疑問，就不會有可能性。

（若是問起動機——當然，不需費力瞬間就能找到答案。）

因此——名偵探對於沙咲來說，就像是為了金銀財寶而行駛於危險海域中的海盜。

追求那不存在的謎題。

而出現於危險的殺人現場。

那些——目無法紀之徒。

（怨念。）

（說穿了，就是一種情感。）

絕非理論，而是情感。

那是在擁有情感的人身上才會發生的。

同樣，相當危險。

（那也是一種形式上的美，話雖如此——但推理小說上出現的，那些神聖的罪犯，基本上是不存在的。）

他們在面臨死亡的時候，多半相當不堪且醜陋，只會做無謂的掙扎——即使想要理性的追問也總是得到非理性的回應，無視事實，自始至終都在為自己辯護。

否認自己的罪行。

堅持自己是清白。

在法庭上重複同樣的證詞。

（所以——才那麼可怕。）

（不知所措又無法承擔後果——所以才那麼可怕。）

連這種恐懼都沒能描寫，算什麼犯罪小說啊！

如果想要表現那些藏汙納垢的部分，那些打亂社會正義的黑暗面——就不應該寫什麼無關緊要的密室或是不在場證明。對於社會的影響，才是該描寫的重點不是嗎？

名偵探那莫名其妙的哲學，實在令人無法恭維。

本來就——應該交給警方來處理。

這也是國民辛苦繳稅給我們的理由。

（——這麼一說，自己好像成為那些推理小說中，排他意識濃厚的警官一樣。）

即使如此，沙咲她——

若沒有象徵國家的權利的紅太陽作為後盾，可能就無法擁有踏進犯罪現場的勇氣——一步也跨不出去。在守備範圍內從事智能勞動，盡可能不踏入現場的這種想法，她也不覺得是因為懦弱。即使說這句話的人不是自己也不會提出反駁。

沒有意圖——沒有氣力。

想要生活在安全之中，如此的慾望是佐佐沙咲最重視的部分，也是她目前的自我評價。

而成為「人民保姆」的志向，是因為她覺得那是全日本最安全的職業——不過，被分配到搜查一課同時以破例的速度升遷，確實為一大失算。

或許是因為優秀。

對於佐佐沙咲來說，她的安全性卻因此下降了。

◆　◆

那麼，對於安全最為要求的她，所居住的地方，是一棟住戶全為警察的公務員宿舍。說得詳細一點，這棟宿舍，並不是像她這樣還需要靠往返犯罪現場累積經歷的層級所能居住的地方，而如今這樣的結果，全因最近盛行的成果主義，實力主義使然。

真是令人感激的時代。

沙咲心想。

兩房兩廳，備有空調和系統廚具，還有光纖網路，二十四小時開放的垃圾場——其實沙咲對於那些設備並不感興趣，一點也不在乎。對於工作拚命的她來說，家，只是一個睡覺的地方。

一切都是為了保全問題。

風險管理的最佳環境。

值得信任的安全。

徹底的安全。

就因為是警察所以容易遭到犯罪者的報復——而目前的環境幾乎可以排除如此的可能性。即使無法抹去仇恨，至少也能夠避免受到攻擊。

（今天就早點休息吧——明天又是漫長的一天。）

今天也是一樣，沒什麼特別，也沒有能令人感到新奇或是滿足好奇心求知慾的事。一切的枯燥乏味和疲憊都是來自那些幾天內就能解決的殺人事件。

明天也是一樣。

昨天、今天、明天都沒有太大差別。

至少——把今天與明天之間的現在，當成自己的時間渡過吧！

按照自己的方式——回家好好睡上一覺。

於是。

她漫不經心地思考著，打開宿舍的房門——在玄關看到整齊排放好的鞋並不意外，即使發現了那雙不屬於自己的高跟鞋時，她也不願意多加猜測。

很乾脆地放棄。

有時放棄也是很重要的。

（不過——該怎麼說呢？）

佐佐沙咲一個人住。

因此，門口擺放著不屬於自己的鞋子，這種狀況，可以說是相當奇怪——不過，已經不是第一次。

與其說是驚訝，還不如說是點頭接受。

兩道鎖毫無意義。

自動鎖也沒用。

再厲害的鎖在那雙高跟鞋的主人面前，都不具有任何意義。

公務員宿舍的保全——在**那個人**面前，完全沒有安全效益。

（並不是因為**那個人**很危險——就是因為安全。）

（**那個人**——是世界第一安全的。）

事實上，會用「安全」這兩個字來敘述被稱為**人類最強**的她，除了自己以外應該沒有別人了。

不過，沙咲就是這樣麼想的。

她是安全的——必須得這麼想。

放下肩膀，她深深地嘆了一口氣。

就算不能馬上休息——因為年紀也不小了，希望不要耗到早上才好。

一邊嘆氣，沙咲一邊祈禱著。

因為——還有明天。

（不過——仔細想想，還有明天這種想法，其實相當幸福。）

（與不知道自己的明天在哪，生活飄忽不定的她相比——或許是幸福的。）

想起廚房架上應該還有剩下一些日本酒，她脫掉鞋子，將門從裡頭鎖上（雖然一點用也沒有），然後走向餐廳。

那不祥的預感。

——果然沒錯。

女子一身紅衣，就躺在沙發上看著電視。

「……潤小姐，妳可是非法入侵喔！」

沙咲並沒有隱瞞震驚的心情，反而態度堅定地提出了聲明，對著那位潛入別人家中的女人——哀川潤的背影開了口。

「請問妳是滑瓢（註1）嗎？」

「嗯？」

像這樣。

她轉過頭來。

「喔！沙咲——妳回來啦！」

一副毫不在意的樣子，哀川潤若無其事地回答——她一定有聽到鑰匙轉動及開門的聲音，卻好像現在才發現沙咲的歸來。

（不，以潤小姐的身手，在我進入宿舍前，應該就已經知道我到家了——）

似乎沒有這麼一回事。

她自己本身毫無安全可言。

1　日本古代的妖怪，民間傳說中的外來神。常在傍晚登門造訪，反客為主，難以驅離。

或者應該說，哀川潤根本沒把警察‧佐佐沙咲當作需要戒備的對手——到這個距離才發現她的存在，其實有一定的危險性。

低危險性。

不過，目前的狀況並不是輕視，純粹只是因為信賴也說不定。

「說什麼妳回來了啊！」

當然。

無論是受到輕視還是信賴，也不能像這樣突然闖進人家的房間裡吧？

「這種時候，應該說『打擾了！』才對吧？」

「我又沒有打擾妳，只是看了一下電視。不過，還真有趣耶，這部卡通。」

「…………」

沙咲拿起遙控器，將電視的電源關上。小時候的她不懂，但現在的沙咲已經瞭解了遙控器的構造，所以能夠像這樣自由地使用。

「幹什麼啊！真是過分。」

「請不要犯罪好嗎？」

「呿，還真霸道，難怪妳會當警察。」

聽起來雖像在抱怨，但說得全都是事實，而哀川潤當然沒有露出一絲反省的神情，從沙發站起身，走向廚房，打開了冰箱。

未經允許。

與其說是擅作主張，還不如說是相當自在。

「喔，冰箱什麼也沒有嘛，門邊都是啤酒。什麼啊，冰箱只是啤酒櫃嗎？」

「我通常都是外食……最近幾乎沒有自己開伙。」

「是喔，妳以前不都會自己做嗎？我記得還有高麗菜卷，怎麼啦，出人頭地了嗎？」

「嗯嗯，託你的福我現在是課長了。」

「是喔～真了不起。」

回應十分隨便。

看來對朋友的職稱沒什麼興趣。

「啊——潤小姐，廚房的架上應該還有日本酒。」

「喔，這樣啊！」

說完，哀川潤卻沒有走向廚房，反而坐回了沙發上。

這次沒有躺下，倒是好好的坐著。

想了一想，沙咲在一旁坐下。

然後——

「…………」

看著身邊旁若無人的朋友。

（打擾了——即使沒這麼說。）

（至少該說一聲，好久不見吧？）

八年沒見了。

或許更久。

雖然因為她過於理所當然的舉動而亂了陣腳——但冷靜想想，八年。

確實不只一句好久不見就能帶過。

說實話，沙咲甚至以為她已經死在什麼荒郊野嶺了。這絕不是玩笑話，那位叫做哀川潤的女人，她的生活方式就是如此。

不知明天在哪裡，今日也是一樣。

就連一秒後的生命都有危險。

本應該比誰都安全的她，卻選擇最危險的生存方式。

從沙咲看來簡直莫名其妙。

因為是十分重要的朋友，所以並不是不能理解——但就是覺得莫名其妙。

「喔。不過，妳回來得還真晚。工作認真是很好啦，想要出人頭地也是妳的選擇，但也讓我等太久了吧？」

「等待的是我。」

「什麼？妳在等我嗎？」

「……如果妳能夠事先聯絡，我一定會特別空出時間。」

「哎，我本來就對於這種事很不在行啊！」

哀川潤似乎不願意多做思考，一副很怕麻煩的樣子，盯著天花板看。

她雖然是一位具有服務精神的人，但這次卻不像是刻意要給下班回家的沙咲一個驚喜而潛伏於房內。

（真是的——）

（——彷彿昨天才見過面一樣。）

對於現在與未來都充滿變數的哀川潤來說，唯一確定的——就是過去。

而昨天所發生的事，她也應該記不得了。

沙咲認為自己和這個人的時間，是以不同的方式流動的。

實際上，在哀川潤身上看不到任何歲月的記號。

與八年前幾乎一模一樣——髮型雖有些改變，但就如此而已。

（我在這八年中，確實老化了不少。）

為此，她感覺到了壓倒性的不公平。

「……如果，沒吃東西的話，要不要叫外賣？」

帶著一身疲憊回家，若還要她出門購物，對一個普通人來說有些吃力。不過，看到哀川潤在翻冰箱（一直等待著沙咲歸來），沙咲猜想她可能肚子餓了。

為什麼要在意一個非法入侵者呢？某程度上也覺得她就是滑瓢——不過，算了吧！

（——自己也不知道為什麼。）

確實八年不見了。

唯一改變的，只有外觀。

哀川潤——從佐佐沙咲的角度看來——其個性就像是個天真的小孩。

不需多說，她也知道。

「人類最強承包人」，哀川潤的偉大之處以及放任犯罪者的恐懼感，沙咲都深切的瞭解——基本上，沙咲能站在目前的位置，仔細想想，同樣是拜哀川潤所賜。

那時候的她，會把自己建立的功勞，以「很麻煩」這個理由全都讓給了沙咲——這麼說來，自己的優秀和安全性的降低，全都是因為哀川潤這個存在。

不得不心存敬畏。

但，另一方面——

先不論生活方式與性質。

脫離活動現場的時候，也就是「ＯＦＦ」狀態的哀川潤，根本就是一個孩子，充滿著社會人士身上不可能出現的稚氣。

嘴上總是掛著「很麻煩」的部分也是。

如果沙咲沒在一旁照顧她，好像隨時都會死去一般——沒錯。

雖然是世界第一安全，但仍隱藏著如此的風險。

「ＯＮ」與「ＯＦＦ」的落差過大。

總是看著漫畫在床上滾來滾去——她怎麼回想，都不曾看過哀川潤嚴格的規定過自己。

總說著「修行不夠啊」這句話，卻從未見到她修行的模樣。

或許活動現場才是她自我鍛鍊的地方。

沒有練習的必要，直接上場的類型。

彷彿上場就是她的練習。

經由實戰經驗而成長的人。

應該是如此——所以，在沙咲面前露出如此墮落鬆懈的姿態，即代表她認定沙咲對自己不構成威脅，也可以說是一種友情的表現吧？

相當意外的。

哀川潤——並沒有固定的戰場。

不過。

「嗯。肚子是有點餓，但也不是無法忍耐的程度。真餓到受不了，我就把那臺電視給吞了。」

「可以不要這樣嗎？」

「那個……」

我到底是來做什麼呢——哀川潤抓著頭，像是在思考。

不是為了開　話題，她似乎真的想不起來自己到來這裡的目的。

一點也不驚訝。

八年前的她即是如此。

不，不只八年——十八年前。

自從和她相遇開始。

哀川潤基本上全憑自己當下的心情而活——就因為所懷抱的信念太過堅定，反而不在乎其他事物的道理。

（…………）

（……唉。）

被耍得團團轉的那一方比較難接受就是了。

「啊，可惡！我想不起來。」

一邊說著，哀川潤再度從沙發上站了起來——還在想是怎麼了，她便把雙手舉高伸展，往走廊走去。

然後直直走進浴室。

看樣子是想沖個澡，想讓頭腦清楚一點——不過。

也太隨便了吧！

沙咲雖然判斷那八年不見的她沒有什麼改變，但不得不說說她才行。

哀川潤好像更加放蕩不羈了。

這——

（這代表，安全性也相對提升了嗎？）

真令人羨慕。

或許還有一絲忌妒。

不過多久，果然聽見了水聲（真是有夠誇張！）。單獨被留在餐廳的沙咲深深嘆了一口氣，然後拿出手機。

接好充電器，打電話給附近的中式餐廳點餐。那間店本來是不做外賣的，但因為沙咲是熟客，所以才特別通融。

在哀川潤沖完澡前，餐點就送到了——看來她還順便泡了澡啊！濕著頭，她穿上沙咲的睡衣回到餐廳，對著滿桌的中式料理：

「喔！」

似乎嚇了一跳。

「怎麼一回事？這是魔法餐桌嗎？」

「差不多就是那樣。」

沙咲回答。

「請用——吃飽了比較容易喚起記憶吧？」

「不要把我講得像什麼食慾魔人好嗎？你這個魔法使者。我要開動囉。」

稍微吐槽了幾句，哀川潤馬上對滿桌的佳肴動起筷子。

癱在沙發上，洗澡，吃飯。

該說是自甘墮落呢？還是荒唐呢？

比起自由——完全就是無拘無束。

這部分也挺令人羨慕的。

而這份羨慕之情，並不是久違八年後相遇的奉承，或許是她們兩人友情的原點也說不定，沙咲心想。

（最初相會時的憧憬已經不在——即使如此。）

（我還是喜歡這個人。）

她再度體悟到這件事。

「我想起來了！」

拉麵、沙拉、天津飯就連炒飯都一掃而空——哀川潤突然大叫了一聲。

米粒噴得到處都是。

待會清掃起來可麻煩了。

「……想起來了嗎？」

「對！對啦！我是來向妳道歉的！」

說話的音量極大。她似乎吃完了，將湯匙放在桌上。

食物真的使她的記憶復甦——沙咲本來也不是為此要她吃飯的，但既然有效果，那就這樣吧！

只不過，那句話令人有些在意。

來向我道歉？

「來向我道歉？」

「嗯，沒錯，有兩件事必須要向妳道歉才行。」

「兩件事？」

應該還有吧？

心裡雖這麼想，不過，如此的回應以目前的情況來說也沒有意義。

而且——有兩件就已經夠了。

更何況，哀川潤要道歉的行為也十分稀奇，若不是什麼了不起的大事，她絕對不可能這麼做。

話說回來。

認識了這麼久，哀川潤有向她說過一句對不起嗎？記憶中好像——不，確實——連一次也沒有。

而那寶貴的第一次與第二次，都會在今日到來嗎？

「總覺得沒什麼好事……不祥的預感更是強烈，怎麼樣？到底發生了什麼事會讓潤小姐主動和我道歉呢？」

沙咲戰戰兢兢地問。

態度看來平靜，事實上卻相當害怕。

「喔，妳應該有印象吧？是什麼時候啊，大概一個禮拜前吧？在京都，不是發生了十幾個普通人被過路殺人魔殺害的大事件，妳不記得嗎？」

「…………」

當然記得。

雖然記得——但那是八年前的案件。

一個禮拜前的說法，實在省略掉太多記憶了吧——不過，以印象的深刻程度來說，就像是剛發生的事般，果然是個『大事件』。

沙咲並沒有直接負責那個『大事件』——但為了阻止殺人魔犯案，她主動要求要加入調查小組。

（雖是自己要求，不過並不是因為想要積極的表現出自己的正義感——與正義感無關——也不是為了社會正義。

具體且直接的原因。

佐佐沙咲委託了眼前這位承包人．哀川潤解決那件『大事件』。

而結果當然順利落幕了——

「不得不與妳道歉的，就是這件事。」

她神色泰然地說。

「事實上，我那時候在事件報告的部分說了謊。」

「……不。」

沙咲搖搖頭。

「些微地……我其實有發現。」

本來就知道哀川潤不可能照自己所說的方式行動——沒有人能夠駕馭她。只要順利獲得解決，沙咲對於其他的部分也沒有什麼意見。
那是她們的默契——
她是這麼想的。
（……看樣子，哀川潤倒有些難以釋懷。）
而且都過了八年。
真是摸不透她。
沙咲一直認為自己是一個懂得察言觀色的人，也擅於猜測行為背後的意義，不過她絕對是一個例外。
ＡＹ（註２）。
「對不起啦。」
欺騙朋友且背負罪惡感近十年，道歉時卻一點也不慎重。
「妳會原諒我嗎？」
「原不原諒——」
都不重要。
本來就是不是什麼問題。
否定名偵探的存在，竟然還委託哀川潤這樣的承包人來解決犯罪事件，對她來說才算是違反規則。

２　羅馬拼音的簡稱。原文為「頭（ATAMA）弱い（YOWAI）」，頭腦不好的意思。

既不是案件的負責人。

不過她的確是因為不想負責所以託付他人。

所以才會走到這步田地。

那時候，無論哀川潤做了什麼——事後的報告即使有誤，沙咲都沒有意見。

更何況——都已經是八年前的事了。

「如今提起又有什麼用——事實上，那個案件並沒有抓到犯人，最後無疾而終，可以說是不清不楚地結束——」

破案率百分之九十七。

那剩下的百分之三。

「——在乎的人，似乎還沒放下。」

不過，這也是沒辦法的事。

就算沙咲有所掌握——過路殺人魔行凶的背後，其實有無法搬上檯面的內情，不願知曉的內幕。

雖然還有印象。

卻一點也不願想起。

不想知道，不願觸碰。

「嗯，我知道——妳不想知道也不願觸碰，但我可要讓妳明白這一切的。」

哀川潤說。

再度拿起桌上的湯匙。

「差不多也到那個時期了。」

「……看樣子我沒有選擇權。」

已經是八年前的事了——不對。

就因為是八年前——

因此，即使不願意也沒有選擇。

完全無法避免。

（……唔。）

（算了——就這樣吧！）

雖然不想知道也不願觸碰——

真說不想知道也是騙人的。

所謂的求知慾及好奇心——確實存在於沙咲的心底。

而哀川潤使用了「時期」一詞——至少排除了沙咲必需保持警戒的風險。

距離案件的追溯期還早。

那時期——卻馬上就要到來。

「今天，妳是為此而來的吧？」

已經做好了熬夜的準備，沙咲如此說道，哀川潤卻不停重複——

「啊？不是，我是為了和妳道歉。」

這句話。

「不得不道歉。」

「……妳確實說了有兩件事對吧？潤小姐。第一件事已經說完了，那另一個妳想要道歉的理由又是什麼呢？」

「嗯。」

她認真地點了點頭。

「真的很抱歉，拖到現在才和妳說。」

◆　◆

時間回到八年前。

襲擊古都的殺人魔，事件的內幕——若要談起那毫無道理、殘虐至極的暴行，就先從零崎一賊的鬼子・零崎人識耗時一個月的戰鬥開始敘述吧！

京都連續攔路殺人事件。

零崎人識最大的戰鬥。

最大的敵人。

想要隱瞞些什麼，那時的零崎人識，面臨著相當可怕的敵人——拚上了性命，抱著必死的決心戰鬥。

既不是暴力世界的住民。
也不是財力世界的人。
更不屬於權利的世界。
他們是，最微不足道的弱小，不特別，沒有成長同樣沒有變化。即使成長了變化了，也會馬上恢復原樣，不懂得反省和後悔，而且很簡單的就會與他人結黨，接著又輕易地背叛彼此。發生了重要的事也會裝做什麼都沒發生一般，一下便忘卻，隨意推翻自己的意見，沒有原則，害怕就逃跑，瘋狂卻不負責任，不守信用，忽視規則，再怎樣高傲的自尊也能丟棄，毫不努力卻奢望成果，貪得無厭，看似善良具同理心，卻做得出弒親這種行為，感情同樣伴隨著厭倦，鑽牛角尖卻沒有思考能力，無行動力還能拿出結果，情緒化但頭腦卻不錯，嚮往群體，終究還是一個人。
帶著絲毫沒有一點尊敬的輕蔑——人們稱他們為「普通人」。

第一章

「你覺得普通是什麼？」

「不知道。但不就是不湊巧的意思嗎？

一個個都在追求那種東西，

左顧右盼的，應該很困擾吧？」

「不是追求而是抗拒，所以才會感到困擾。

大家好像都誤認為個性與普遍性是互相抵觸的。不，或許是故意的嗎？」

「你覺得呢？」

「我想要變得普通啊！」

「還真敢說。」

「你呢？」

「我是不通。沒有任何期待或是願望。」

「那是不可能的吧？無論如何——」

◆　◆

若是要那個名叫江本智惠的鹿鳴館大學一年級生來評論，推理小說中所美化的並不是名偵探，而是殺人犯。

殺人犯這種**人類**。

又或是殺人，這種**罪行**。

她對於小說中將他們像是偉人或是做了什麼豐功偉業般的描述感到相當不滿。

不，用「不滿」這種消極的詞語根本不足以表達——匱乏。

事實上具有哲學性思考的殺人犯少之又少，而殺人這種犯罪行為，多半都是突發性的，幾乎沒有什麼自覺。

帥氣和高雅的犯罪，根本都是虛構的。

當然。

推理小說本身就是虛構的。

江本其實不是真心地對此感到憤怒——而她自己本來也不會對「什麼事」特別感到憤怒。

無法憤怒的人。

匱乏。

感情有缺陷，同樣不會有感動。

是個——有缺陷的人。

（唉。）

（所以也只能如此，利用文字逞口舌之快而已——）

而且——因為只是思考遊戲。

才會這麼想。

強烈的想法。

更何況，現實中即使沒有名偵探，殺人犯還是依然存在——因此，那些特別的吹捧，智慧性的描述，在現實中根本一點也不誠實。將實際存在的殺人犯與虛構的名偵探放在同等位置所做出的描寫，到底有什麼意義——說實話，完全無法理解。

不對。

能夠理解。

以結論來說——人類總是希望敵人比自己強勁。

無關勝敗。

物以類聚，見到他朋友就如同見到他本人之類的諺語一定都不陌生。這麼說來，從他與何為敵，為了什麼而對立的部分，即是推測出那個人的資質一個很大的重點。

敵人弱，就代表本人也不怎麼樣——敵人若是偉大，他同樣不會是什麼等閒之輩。

敵人就是目的也是目標。

因此，理當越強越好。

越具挑戰性越好。

夢想必須偉大，敵人又何嘗不是呢？

身為名偵探，與其專攻基本的竊盜事件，還不如面對那些凶暴的殺人犯——同樣，也不希望那些殺人犯是膚淺的，粗俗的。

只有膚淺的人才會對上膚淺的對手，人若是粗俗，他的對手一定也好不到哪裡去。這世界。

也就是**讀者**，他們都是這麼想的吧？

就因為是襯托主角的綠葉，在某程度上必須要比主角更費心的描寫。

所以，犯人才會被徹底地美化。

超乎現實受到美化、強化、過度膨脹。

過人的智慧。

卓越的思想。

具社會地位。

或是完全相反的，背負著悲劇性的過往。

一個有深度的人，才能被賦予成為犯人的資格。

（那應該是——）

（趁年輕時取得的——資格。）

她是這麼想的。

雖然交雜著嘲諷意味。
還有自虐的看法。
但她也只能這麼想。

畢竟，江本智惠是沒有敵人的。

這麼說來，她是無敵的。
不過，此時的無敵其實等同孤獨——沒有敵人，即代表她並不理會任何一個人，既然不把人類當成一回事，當然也不會有人理會她。
（自己好像不存在一般。）
（存在與否——都是一樣的。或者應該說，不存在——）
才是正確的。
不論自己**在哪裡做什麼**，都是錯誤的。
如果敵人是用來衡量自我的標準，那麼，江本智惠就是零——不會再多也不會變少的，零。
不。
而江本智惠本身當然有所自覺，那樣的零，即是她最大的記號。
自覺一詞似乎不太正確。

它本來就是以自我的存在為前提成立的詞語——但江本對於自己是否真的存在都感到懷疑。

她只能將自己的事當做別人的事看待——甚至連別人的事都稱不上。這二十年間，江本一直都是如此生活著，俯視自己的肉體和精神。

以鳥瞰的視角——活著。

如果擺出精明的表情，裝做心理諮詢師的樣子，來探究江本如此的人格特質，一切可能與她長期住院，與病魔抗戰幼年經驗有關。那曾將她推向死亡，至今仍對身體留下不良的影響的難治之症，或許就是造成她孤獨的理由。

這些絕對有相關性，卻不是完全正確。

雖然最為接近，但也只是接近罷了。

（我的敵人——並不是病魔。）

（即使在生病時也是一樣。）

（因為——）

（我的長期住院其實沒多長，嚴格來說也沒有與病魔對抗，而那難治之症更沒什麼大不了的。）

就只是零。

當然，江本智惠是普通的人類，民間的人也就是所謂的普通人，對於生命的喪失，面對死亡一定不可能完全的豁達——她在想法上，可不像人生觀那樣虛無。

她厭惡死亡。

不過——卻沒有特別感到恐懼。

即使無法接受死亡，但也不代表放棄。

（其實不是不放棄——而是沒辦法放棄。）

她是這麼想的。

江本知道自己的懦弱——沒有敵人的自己何其懦弱。

（其實不是懦弱——而是，零。）

與強弱無關。

是有無的問題。

ＯＮ及ＯＦＦ的問題。

一或零的——問題。

（所以——我當不了名偵探，也做不成殺人犯。）

（這都是因為，我根本沒有那種價值。）

如果江本在推理小說中被分配到了一個角色，那一定不會是名偵探，不會是殺人犯，當然也不是助手或共犯——就連目擊者和提供證言的路人都不是。

應該是，

被害者吧！

被殺害的立場——仔細想想，那是推理小說之中最小的記號，同樣是最小單位。

最渺小的角色。

為了被殺害而存在的角色——殺人犯若是用來襯托名偵探，被害者不就是為了襯托殺人犯，那最窮酸的功用。

被害就是角色意義。

而被殺害就必須要有足以使人引發殺意的理由，故事才能成立，假設才會合理——因此，大部分的時候，被害者通常會被描寫地比加害者還要惡毒。

毫不留情且輕易的——像是同一個模子刻出來似的，依照既定概念，典型地描述。

被殺害也是沒有辦法的，幾乎都帶有極為差勁的個性。

事實上，在閱讀推理小說的時候，即使不能從開頭就推測出出犯人是誰——胡亂地**猜出被害者的身分**卻不難。

至少能夠說中。

有人會在故事中遭到殺害。

比較粗糙的故事，甚至會在登場人物一覽表及個人資料的地方，直接寫上了「被害者」三個字。

第一被害者。

第二被害者。

第三被害者。

到底是怎麼一回事——那完全像是附註般的記號性。

毫無憐愛的描寫。

就連那些總是扯人後腿或是負責輸給主角的配角，他們的地位都還遠遠高過所謂的「被害者」。

（就因為如此——）

（才會如此的適合我。）

因為一些錯誤而活在這個世上——最後在為了一些錯誤而死亡。江本總是有這樣的預感。即使除去中學時代的住院生活，那種預感依然不會改變。

本來應該要早早死去的——卻因失敗，而苟延殘喘活下來的感覺。

因為一些錯誤，我才會站在這裡。

失敗所以活著。

無法和大家一樣平凡的活著，無法和大家一樣，用同樣的方式思考——只好懷抱自卑，悵然若失而活。

就算被殺了也是沒有辦法的事。

既沒有遭到殺害，也無法襯托任何殺人犯，如今，自己的生活方式——實在是太不可思議了。

（當然——自己清楚得很。）

（這些——只不過是一時情緒使然。）

根本稱不上思想。

江本還年輕——因為無所事事才會思考起無謂的道理而深陷其中——只能算是妄想。

將現實中的人類，投射進推理小說的角色之中，有什麼意義呢？

為什麼會做出如此的比喻呢？

究竟有什麼價值？

現實中並沒有名偵探。

現實中的殺人犯又是何其醜陋。

現實中的被害者只是運氣太差。

（不過是妄想——想太多了。為日常瑣事一忙，肯定馬上就會遺忘。）

不只是現在，她懷抱一定的確信。

應該——是這樣沒錯吧？

等到大學畢業的時後便能忘卻。

出了社會，開始工作之後。

組成家庭，好好養育自己的小孩。

不，完全不用等到大學畢業——只要和心儀的男人談場戀愛，就能除去如此陰暗的想法才對。

也就是說——如果有別的事情值得煩惱，按照優先順序，它一定馬上被排在最後。

順序既高也低。

（相反的——這代表現在的我竟然沒有別的事情能夠思考。）

竟然沒有。

說可怕——是很可怕。

那份恐懼是不需言喻的。

（自己的煩惱，竟如此微不足道——確實相當可怕。）

（完全不具份量。）

（現在，支配我情感的——構成我自己的那份情感，竟是那樣不可靠，隨時都能被其他事物給取代——煙消雲散。）

消失。

不見。

好像從來都不存在般。

恐懼。

那才是最可怕的——不確定的徬徨。

江本深深瞭解到，貫穿自我的中柱有多麼脆弱且不堪一擊。

話雖如此，她並不想就此補強或是重建——但也不是毫無想法。

尤其是，朋友。

那從高中時代便認識的朋友，大學同班同學——與葵井巫女子談話的時候尤其會這麼想。

在那個真摯不已、樂觀上進，閃耀地令人眩目的她面前——江本只想要馬上消失。

其實只是想要變成她而已。

但不也等於想要消滅真正的自己——

「想要改變的心情，就是自殺。」

這——

當然不會是葵井巫女子的臺詞。

不論發生什麼事，她都不可能會這麼說。

那句話，出自一位少年的口中。雖然都是大學同學，但他和葵井是完全不同的類型。

他並不是在和朋友聊天，更不是親口對江本這麼說——只是在教室裡，江本剛好經過他身邊的時候，無意中聽見的自言自語。

頓時，她有一種被澆冷水的心情——又或者說，

像是將手伸進塞滿蚯蚓的罐子之中。

她不禁詛咒起這個偶然。

對他來說，那是毫無惡意的，和平常沒有什麼兩樣，只是把想到的話說出口而已，如此的自言自語——江本卻不小心聽到了。

詛咒這個偶然。
（糟糕透了。）
她心想。
江本得知——他竟然是打從心底，真心抱持著如此想法。
而且毫不猶豫，沒有一絲動搖——他確實是這麼想的。
那不小心說出口的獨白，說不定只是戲言——卻還是讓她知道了。
不僅僅是戲言。
而是**真實的戲言**——既然讓她知道了。
想要改變的心情，就是自殺。
抹煞自己。
放棄探索——直接抹煞自己。
確實如此啊！
江本完全同意——但不應該用這種方式說吧？她感到無辜，甚至埋怨起那位少年。
那句話足以打擊，高中剛畢業，正想轉換心情迎接大學生活的江本。
（反正——）
（我只喜歡我自己。）
認為那個胡思亂想，無病呻吟的自己實在太惹人憐愛了。
自溺是自戀的反面。

自我否定本來就沒有那麼容易——這麼看來，江本智惠果然就是一個普通人。

（我不是無法改變。）

（只是——不願意改變。）

我喜歡目前這個脆弱的自己。

與那位戲言玩家同學——不同。

雖然只是同學，就在她聽到了那句無心的呢喃——江本完全能夠瞭解。

直覺性的瞭解。

他一定——害怕改變。

因為，他就是一團自我否定的集合。

所以——不會改變的。

與江本的個性，那似是而非的孤獨——基本上屬於同一種，但程度和規模卻不盡相同。

自我否定太過嚴重，甚至無法隱藏——他的存在，會對周遭帶來負面的影響。

周遭的個性都會被**消滅殆盡**。

那是就全部嗎——**或許不盡然**。

光是聽到他一個人的呢喃，就能撼動江本的核心——到底要怎樣才會造就他那人格特質，確實令人感到不可思議。

即使如此——那位同學身上仍然帶有不尋常的魅力。

當然不會刻意說他是個完美的男孩，卻也無法完全忽視他的存在——在教室裡總忍不住追尋他的身影，座位如果近一些，還會不由自主地心跳加速。

這份悸動，或許不算愛情——但無法否認的，她確實被他身上奇妙的氛圍所吸引。

與人類截然不同，一種非人的魅力。

切斷和他人的人際關係，散發異常的氣氛——試圖以普通人的姿態生活，卻壯烈地徹底失敗了。

大概就是這種印象。

受到吸引是必然的，不過，那同樣會是危險的誘惑——

不願太過靠近，卻想和他說話的心境——與想要剝下傷口上結痂的感受很接近。

（承認吧！）

（我想要和他——掏心掏肺促膝長談。）

掏心掏肺這句話實在令人發噱。

完全無法想像會從自己的身體裡掏出什麼汙穢的東西——而他，應該是空的吧？

（如果——我是被害者。）

（他一定就是——殺人犯。）

殺人犯的角色。

若真的在推理小說中登場，肯定會受到極致的美化。會是個憂鬱的美少年嗎？或許是一位冷酷的諷刺者——

與不存在的名偵探對立的反派。

他的角色設定絕對不同凡響。

（不過，那是不可能的。）

（在現實中絕非如此。）

一旦離開推理小說的舞臺，那樣的他，就是醜陋的，既罪惡又不堪——只會為周遭帶來困擾。

就因為江本是被殺人犯所殺害的被害者，才會這麼想吧？

（不過。）

（如果是那位戲言玩家——或許會殺了名偵探的說不定。）

她是這麼想的。

◆　◆

其實根本不算推理迷，江本頂多就是看看拍成電視劇的推理小說而已。但她會像這樣思考，都是有原因的。

那原因——就在眼前。

就在她的眼前。

「——真是傑作。」

像這樣。

戴著很有個性的太陽眼鏡，一位臉上有刺青的少年說道。

與江本的身高相仿，絲毫感覺不到一點強韌的孱弱軀體——虎斑條紋的短褲，粗獷的橡膠靴。

上半身則穿著紅色的長袖抽繩連帽外套，外頭還套了一件黑色的軍裝背心。

左右兩側剃平，那顏色斑駁的長髮紮成一束，露出的耳朵，右邊穿了三個耳洞排成一列，左耳則掛上了兩條手機吊飾。

一看就知道不是什麼正常的人。

散發危險氣息的少年。

不，外觀和裝扮，在這裡並不重要——危險的氣息好像也不需特別理會。

應該在意的。

應該害怕的。

是從他身上傳來的血腥氣味。

活生生的肉——以及內臟所發出的腥羶。

也就是所謂的，屍臭。

應該留意的是這部分才對。

「啊哈哈——仔細想想，還真是第一次啊！竟然有人目睹本大爺，天下的零崎人識殺死、肢解、排列、對齊、示眾的場面——這可不是開玩笑的啊！妳，」

那顏面刺青少年說的話相當怪異。

而他的腳邊，躺著一具死屍。

一具被暴力肢解的殘骸。

手中握著刀。

伸進口袋中的手——握著一把鋒利的刀器。

根本來不及思考發生了麼事。

他做了什麼？屍體又是如何被虐殺的——完全沒有想像的必要。

那非現實的現實。

（這——）

（這時候，到底該怎麼辦——）

思考停滯。

江本明白自己是一個有缺陷的人，因此算是會動腦的那一方——雖然不是在炫耀她人如其名，具有智慧，不過至少還能夠冷靜的思考且行動。

實在羞愧。

現在的她，完全受到了動搖。

出生以來第一次目擊殺人現場——初次和殺人犯面對面。

「啊——啊，唔……」

只是偶然——就像是聽到了戲言玩家同學的獨白一樣，真的就是碰巧。

雖說是星期日，但和朋友葵井等人一起為了社團的參觀活動，江本還是來到學校——不過，所花費的時間卻比想像中來得久，走出校門時，天色都已經黑了。想要早一點回到位於西大路丸太町的學生公寓，她選擇了平時刻意避開的捷徑——就只是如此。

偶然。

但話說回來，在這樣沒有月光的夜裡，照理講並不會想抄什麼近路，自己也不是為了想看的節目而趕著回家。覺得夜路危險，卻走了小路，真是不懂自己到底在做什麼。

或許不是偶然，只是自己太大意了。

如今再怎樣後悔都來不及。

又或者，是受到了什麼吸引——使我碰巧撞見這慘無人道的殺人現場。

因而與殺人犯，

面對面。

「殺人犯？」

顏面刺青少年——

零崎人識這麼說。

「呿、呿、呿。才不是勒，我可不是殺人犯——而是殺人鬼好嗎。」

即使他煞有其事地這麼說——江本依然無法分辨當中的差異。

不過，她也不是不瞭解那句話的意思。

在零崎的腳邊遭到解體的死者——已看不出是男是女，是老是少，以目前的慘狀來說很難相信他原本是一個人。

現在這樣也是。

太過支離破碎，甚至連是不是一具人的屍體都無法確定——現實中的殺人犯是不可能辦到的。

除非，是非現實世界的殺人鬼。

要不然，怎能讓一個人變成一灘肉泥呢？

（雖然殺人鬼這個名稱——只是殺人犯的另一種說法而已。）

不過，可以確定的。

站在江本面前的那位顏面刺青少年——單純就是為了殺戮而存在的。

為了殺戮。

根本不能算是人類。

「推理小說。」

咻的一聲——零崎將刀子向內迴旋，然後說：

「妳，看推理小說嗎？」

江本花了一段時間，才意識到自己是他說話的對象——或者應該說，她十分驚訝，那個人竟然能正常地與人交談。

看起來不像是個有辦法溝通的對象——他所謂的溝通，不就是拿起刀，刺進另一個人的身體裡面嗎？

她以為會是這樣。

（但——似乎只是幻想。）

（自顧自的想法——他正在呼吸，然後就站在自己的面前，怎麼可能會是一個無法溝通的對象呢？）

那必定是一個令人開心的事實。

管他是殺人犯還是殺人鬼，很明顯的，那絕對是殺人行為，幾乎沒有正當防衛的可能性，但在如此情況下，還要單獨和他溝通，不外乎是一種拷問。

沒有其他選擇。

倒不如一刀殺了我算了——是也沒到這個程度。

怎樣都比死來的強。

所以——江本她，

「會看啊。」

故做鎮定地回答。

在這幾秒鐘的時間內，像是走馬燈般，有關推理小說的一幕幕，瞬間投射在她自己身上——那位同學和眼前的殺人鬼，兩個人似乎重疊在一起。

即使有那麼多的想法，卻一樣也無法說出口。

滔滔不絕地與一位殺人鬼討論，殺人犯總是被美化的這個觀點，實在沒有任何意義。

那絕對是會將自己死期提前的愚蠢行為。

「喔，有在看啊。」

零崎反而一點也不在意的樣子——他只是把江本的沉默，解讀成話題的終止，然後，以一種極為隨便的態度：

「妳有沒有想過，到底是怎樣的傢伙，用怎樣的角度才寫出那種東西的啊？」

這麼說道。

「把殺人的情節啊——殺人與被殺的行為，用那種娛樂性的角度，還有什麼圈套、醞釀、解謎、接著破案什麼的，搞得好像很有趣似的。到底有何居心。妳難道沒有想過嗎？」

「…………」

「很可笑對吧——將殺人這種行為當成一種娛樂，實在太誇張了。如果是像時代劇那樣懲奸除惡的故事也就算了，但卻又不是這麼一回事。寫寫忠臣藏殺人事件就好啦！啊哈哈，根本把犯罪當成兒戲。」

踐踏著地上的屍體——零崎帶著笑容繼續說。

「我是這麼想的啦——『推理作家』這四個字，在那看似聰明的文字底下，其實是『愛好獵奇的變態』的意思。」

「……反正，只是小說。」

保持沉默竟然比較辛苦。

很不可思議的，她並沒有感覺到冷汗直流，全身發抖——確實動搖不已，但依舊像是別人的事一樣。

令人悲傷的——好像與自己無關。

「作品和作者——是兩回事吧？」

「啊？不是這樣的吧！明明是自己親手寫下的殺人故事，又怎能脫得了關係？寫出令人討厭的故事，他肯定也是個令人討厭的傢伙。」

零崎一副理所當然樣子，否定了江本說的話——當然，她只是順著問題回答，並沒有要幫推理作家說話的意思。而零崎他好像也只是想到什麼說什麼，沒有太過在意。

至少看起來不像是認真的。

該怎麼說呢——無所謂的心態表露無遺。

吊兒郎當又隨便。

既曖昧不明——界線也十分模糊。

雖然在面對他，卻好像看著他的背說話似的。

「所以說，寫好故事的傢伙就是好人——想要裝得多壞也沒用。」

「……不過，戀愛小說的作家不一定都是戀愛高手。畫格鬥漫畫的人，也不全是逞凶鬥狠之徒吧？」

「說得也是。」

啊哈哈！零崎很爽快地接受了。

看來還算能夠應付，順著他的意就好。

他對自己的言論——完全不負責任。

「但不都是這樣嗎？因為喜歡戀愛所以才會選擇戀愛作為題材，喜歡格鬥的人，當然也是從格鬥著手啊！」

「那倒——」

沒錯。

現在又換江本感到認同了。

兩個人似乎都沒有對自己的言論負責。

「所以會描寫殺人情節的人，一定喜歡殺人。」

「……推理作家應該只是喜歡推理才對吧？或者，是對解謎有興趣——」

「搞不好喔。不過，還是比較喜歡殺人的推理和殺人的謎題對吧？他們日復一日，每天都在思考殺人的手法耶——這不都是因為對殺人的愛好嗎？」

「嗯……也是有可能。」

直接放棄。

以目前的情況，如果反應太過熱烈，會像是在包庇推理作家，更可能因此喪命。

因為一些錯誤而活著——

並不代表想要因為一些錯誤而死啊。

若真要離開這個世界。

即使是像江本那樣的人，還是希望能夠死得明白一些，至少要能夠接受那個原因

——

不過，絕對不是目前的狀況。

「話又說回來，反之不也相同嗎？人們不是常說，恐怖電影對青少年有害，暴力節目和遊戲更會影響孩童身心健康——之類的。關於這點，妳的看法又是如何？」

「該怎麼說呢——」

這是一個既不贊同也不反對，完全中立的回應。

零崎似乎沒在期待任何一種答案——或許漸漸習慣了如此詭異的狀態，她稍微能夠理解了。

這殺人鬼對江本——感到相當**稀奇**。

而且——**有趣**。

雖然他的態度和動作，沒有一點值得信任，但假設他的發言屬實——江本對他來說，就是第一次遇見的「目擊者」。

（目擊者。）

（不是被害者——而是目擊者。）

從沒想過自己會被賦予如此角色——人生真是不可思議。

一如往常的，這對她來說像是別人的事般——也因為如此，零崎才會把江本智惠當成稀有動物，試圖與她溝通。

偶然被捲入如此事態當中，無疑是極大的麻煩——

「——我覺得都不盡然。」

江本回答。

這是她的真心話。

如果零崎並不是要尋求與自己相同的意見，或是具建設性的反論——如果只要有回應就好，為了自己的性命，還是透漏一點真實的想法比較保險。

若是刻意迎合，偽裝自己——這樣的她，就**不再特別了**。

維持自己稀有的程度，應該江本是免於成為零崎腳邊的死屍最好的方法——理當如此。

於是江本她，

基本上對於這整件事——沒有任何評論。

不會再被左右。

「這樣啊，我是這麼想的喔。」

先不論江本的猜測，正確度有多少——殺人鬼說話了。

「順序應該相反。」

「順序——相反？」

「會看恐怖片的傢伙，是因為喜歡恐怖片啊。看暴力節目的人本來就喜歡暴力節目，玩暴力遊戲的一定喜歡玩暴力遊戲。所以，根本不會有什麼影響——在受到影響之前，他們就已經是那種人了。」

「…………」

「人類怎麼可能會因為另一個人而改變呢？人類啊，大多都是很糟糕的，絕不會輕易地改變——永遠都是同一副德性。」

啊哈哈——

零崎人識放聲大笑。

他絲毫沒有考慮到，笑聲會引來眾人圍觀的可能性——或許眼前就是他的舞臺。

那麼江本為什麼會經過這裡。

然後目擊他的行為？

這是怎樣的邂逅呢——不對，不能算是邂逅啊？

反正——不會有任何改變的。

「無論如何——身為人類這個事實就無法改變。」

零崎恐怕沒有太認真——但這句話卻說進了江本的心坎裡，在她的體內不斷回響。

那是絕對具有重量的——沉重的輕蔑。

（一點也沒錯。）

（不論我是巫女子——還是無伊實，甚至是秋春君，都**不會有任何改變**。）

「與人相遇，不會改變——與人建立關係，也不會改變。」

江本——一個人碎念著。

未經思考，像是生理反應般的呢喃。

「想改變——也只是浪費時間。」

隨便出現個什麼，馬上就會被取代，那江本智惠的人格特質——而那個「什麼」，絕對不會是人。

「也就是說人際關係，並沒有辦法改變一個人。喔，妳說得真不錯——啊哈哈！」

明明是他起的頭，自己忘了，還真心的被對方的話所感動。零崎好像露出了真實的一面。

「時間不停流過啊——五年前的我，確實跟現在完全不一樣，根本判若兩人。這或許就算是改變，不過啊，與起說是改變，還不如說是一種錯誤。」

「不是的——」

即使出了社會。

進入家庭。

談過戀愛。

人都不會改變——不是嗎？

「時間雖然不停流過——但十年後的我，還會記得以前的自己是什麼樣子嗎？一直都是同一個自己，是無法輕易捨棄的，由不得誰來決定。不論是我是妳，誰都是一樣的。好了，話題結束。」

零崎人識，將握著刀的手，高高地舉了起來——不論舉得有多高，以他的身高來說，那高度可想而知。

「要殺了妳嗎？」

◆　◆

江本智惠存活了下來。

她最後並沒有死在零崎人識的刀下——說完那句話不久，臉上有刺青的他好像又改變了心意，像是一個玩膩玩具的小孩，把手環在頭的後方，什麼也沒收拾的，就這樣吹著口哨離去。

被留下來的江本，當然也不可能一直待在現場——迅速地回到公寓。

本來就在回家的路上。

刻意選擇的捷徑，竟成了差點回不了家的遠途——曾經想過要用手機打電話報警，結果還是放棄了。

實在太過可怕，完全不想有任何牽連——並不是如此。可怕歸可怕，但單純只是不想要受到牽連。

既不是理由也沒什麼道理。

（我想，如果這麼做——我就再也回不來了。）

（回不來這點——才是一種改變。）

一種錯誤。

不願如此——那好比鏡中的世界。

奈何橋的另一頭。

所以——但是。

（但是——好像。）

（更想跟那戲言玩家同學——說話了。）

彷彿是殺人鬼促使她這麼做般——江本**真的**想主動與那個和殺人鬼極為相似的他說話。

不只想——更打算付諸行動。

這決定並沒有辦法改變我什麼吧？

但——這決定或許會了結我的一切。

雖然沒有根據卻深信不疑地——她決定在睡前，播通電話給無法與戲言玩家並論的朋友・葵井。

（沒錯。）

（話說回來，這個月的十四號好像是我的生日——）

茫然地——像是別人的事一般，她做出了決定。

京都連續攔路殺人事件，最後共出現十二名犧牲者的，而這就是那第一次犯案的始末——順帶一提，被害者的名字叫做羊澤鴻男，是個二十三歲的男大生。不過，江本智惠是不可能知道那第一名被害者的基本資料。

這是在五月一號星期日所發生的事。

第二章

「你有憧憬的對象嗎？或是尊敬的人？」

「怎麼可能會有呢？如果被我這樣的傢伙給喜歡上，他一定會感到困擾吧——就算這個世界上真有我能夠尊敬的人，我也不會接近他，畢竟我不想帶給他麻煩。」

「原來如此。」

「我希望他能在我看不見的地方獲得幸福。因為，我的身邊都只有討人厭的傢伙和我所鄙視的對手而已。我只會跟那些討厭的人為伍，你也不例外。」

「是不是應該也包含你自己呢？順帶一提，我有喔——憧憬和尊敬的對象。希望有一天能像他們一樣。」

「你真這麼想？」

「嗯，光用想的就滿足了。所以我不會付諸行動，所謂的憧憬不就是這麼一回事嗎？」

「是嗎？我沒有那種對象，所以不懂啦！」

「如果轉變為愛情，那就另當別論了。」

◆　◆

木賀峰約是助手。

當然，這裡指得並不是偵探小說裡的登場人物，所謂的「名偵探助手」——那其實是一份正當的職業，研究者．西東天的助手。她在就讀高中的時候就已經開始這份工作。

不過，也已經是二十年前的事了。

「妳啊，該怎麼說呢——約，妳確實不平凡。」

他——當時正值弱冠之年，才十九歲的年紀，就當上了國立高都大學人類生物科學的教授，同時還是一位執業中的醫師，這樣的他，卻總是不停地對木賀峰這麼說。

無論是在吃飯。

還是在看書。

甚至在木賀峰熟睡的時候，也會刻意將她給搖醒——重複同一句話。

「妳不平凡。就因為不平凡——所以，好無趣喔！」

木賀峰完全不明白他說這些話的含義——她打從心底尊敬西東教授，也嚮往能跟隨他學習，儘管如此，卻幾乎無法理解他所說的話。

特別是這句話。

不平凡。

也就是，不正常。

不可思議。

相當罕見。

這在木賀峰的價值觀之中，只不過是基礎罷了——但又和那種，覺得自己比任何人都要優秀的，過於膚淺的價值觀不同。

絕對沒有那麼普通。

而木賀峰從小就認為，人若普通，有時就必需更加劣化才行。

如果只能做到普通的程度——倒不如極端的壞個徹底。

就像是在木賀峰國小時期所發生的事一樣，那是五十公尺快跑的體能測驗——木賀峰打從心底的放棄，完全沒有用到一絲氣力。

這或許只是一件小事，卻完全可以代表這個人。

她無法容忍平庸。

否定腳踏實地的努力。

拒絕認真對待事物。

即使被當成笨蛋也無所謂——只要不是普通的就好。

這就是她——到目前為止所懷抱的信念。

因此，西東教授對她來說是英雄——不，與其說是英雄，還不如說是如同神一般的存在。

木賀峰將西東當成神佛一般敬畏、膜拜——好像沒有他，就活不下去似的。
年僅六歲便通過了高都大學極為困難的入學考試。
接著只花了三個月，就修完全部的學分，順利畢業。
八歲那年進入研究室。
十一歲當上助教授。
爾後赴美進修，成為研究團體・ＥＲ２系統的成員，累積經驗，獲得成就——不到二十歲便當上堂堂大學教授。
完全不具備任何普通的要素。
不可思議的構造。
缺乏現實感。
一言以蔽之，就是天才，但用這種普通的詞彙來形容西東實在太俗氣了。
不是天才——而是狂人。
根本推翻了常理。
當然，他擁有的是令那些同樣身為高都大學的教授們，和考進高都大學，卻必須要接受同年紀的「教授」指導的優秀學生所欽羨不已且望洋興嘆的非人智商。
實際上，和木賀峰一樣，想要成為他的助手的人——不論是因為憧憬，因為一時興起，還是想要沾沾光，動機都不甚相同——曾經待過他身邊的人數都數不清，但最後能留下來的，就只有木賀峰一人。

一點也不令人意外。

西東會消滅他人的個性——卻不須刻意做些什麼。

光是他的存在，就像是在告訴你，努力是沒用的。

這或許就是人過於優秀所造成的悲劇——西東無法與任何人建立起良好的人際關係——雖然西東對那種東西本來就很避諱。

然而。

對於那唯一留在西東身邊的助手，木賀峰，他也沒有特別花什麼心——與那些遠離他的人，基本上沒有任何區別。

不做評價。

也沒把她趕走。

就只是。

「妳真的不平凡啊！」

不停地這麼對她說。

「因為不平凡——所以，好無趣喔！」

◆　◆

「——老師，差不多該起床了！」

經過一陣劇烈地搖晃，木賀峰約才終於睜開了眼睛。搖醒她的人如果是西東，不論他的動作再怎樣粗暴都沒關係，但就因為不是他，木賀峰心裡只覺得相當不悅。

這裡並不是臥室——她好像在書房的桌上趴著睡著了。一直都是如此——看她在床上休息還比較稀奇。

（做了一個夢——）

（——二十年前的夢。）

其實，沒什麼特別的。

一直也都是如此——一如往常。若是她睡覺的時候，沒有夢見二十年前的夢還比較稀奇。

沒有夢見西東教授才奇怪呢！

木賀峰總是想著那時候的事——她的腦袋，依舊被那個男人所占領。

「會遲到喔——老師。」

淺眠的她，很容易就會被吵醒，明明已經醒過來了，但搖動她的手，那粗暴的動作卻未見停歇——

「——我醒了，朽葉。」

因為厭煩而甩開了她的手，木賀峰這麼說——然後朝著她看去。

站在一旁的，是同居人圓朽葉。

看起來只有十七八歲——與二十年前的木賀峰差不多，是位穿著制服的少女。

不過，她根本就不止十七八歲。

即使穿著制服，卻不是高中生，沒在讀書也沒在工作，因為她是靠木賀峰養活的，也就是所謂的尼特族。

「呵。」

像這樣。

朽葉露出令人討厭的笑容。

從這個舉動看來，就知道她持續搖動木賀峰的理由，應該只是想要捉弄她——而且，擺明是趁她在夢中與西東相見的時候，有目的的想要捉弄她。

雖然與木賀峰的形式不同，但因為圓朽葉也是西東天的徒弟——

（…………）

（……不能說是過去式，但我和朽葉，該怎麼說呢？似乎都不懂得放棄——）

而現在。

二十年前的二十年後。

西東教授——已經不在這裡。

丟下木賀峰，丟下朽葉，辭去高都大學的教職，如同浮雲般散去，消失不見——有人說他再度去了美國，不過也有人說他被捲入了一場意外而不幸身亡。

總之，她們被丟下了，被遺棄了——這對木賀峰來說，一點也不重要。

（雖然沒有被趕走。）

（卻也——沒有帶我去。）

真是軟弱。

到底還要在意多久，自己真是不乾脆又過度執著——都已經過了二十年。

不。

在心境上反而更難放下了。

一點一滴的累積。

像是思春期的女學生般——木賀峰對西東的情感，已轉變成愛情的痛楚。

承接了西東所捨棄的研究。

當時只是高中生的木賀峰，如今已經是高都大學人類生物科學的助教授——與十一歲便得到這個地位的西東當然無法比擬，不過，以木鶴峰的年紀來說，算是相當的成就。

這都是因為——木賀峰對西東的執著。

並不是為了夢想而努力——執著。

甚至可以用偏執來形容。

木賀峰約——就是如此的為西東痴狂。

朽葉似乎茫然地看著這一切。

（——最好什麼也不要說。）

木賀峰是這麼想的。

不過，朽葉也從未開口批評過她。

她對於自己寄人籬下的身分，應該有所自覺——但木賀峰在研究上既然需要朽葉的幫助，她們兩人其實就是平等的互利關係。

（……不對。）

（我和朽葉的關係——並不是三言兩語能帶過的。）

不過，或許也很簡單——「情敵」一詞就夠了。

甚至。

連說都不用說。

「朽葉啊！」

木賀峰從椅子上站了起來，伸展自己的身體——睡覺的姿勢明明不對，但習慣真的是一件很可怕的事，她竟然也不會覺得有哪裡不舒服。

「我，很普通嗎？」

受到夢境的影響，一個毫無意義的問題。

朽葉一如往常地露出了冷陌的表情。

「不，老師依舊是瘋狂的。」

像這樣回答。

那答案使木賀峰相當安心。

（沒錯。）

（我一點也不——普通。）

這裡是京都的郊區，本來是西東教授身為醫生所經營的診所，在經過改裝後，成了研究者・木賀峰約的研究室——對她來說，這裡是充滿了回憶的地方，有關生命的研究，就在這裡進行。

從二十年前開始——從未改變過的，執著。

她的家在市區，不過卻很少住在那裡——每個夜晚，幾乎都是在研究室裡渡過的。

名義上，朽葉是這間研究室的管理人，當然，毫無能力的她，不可能懂得管理業務，但這確實為原因之一——但最大的理由，是因為埋頭於研究，才能讓她感到自在和平靜。

與其說是自在。

不如說——彷彿西東教授還在身邊一般。

並不是平靜——而是期待。

那是一種令人心痛的期待。

基本上。

只是愚蠢的錯覺而已。

執意持續他所捨棄的研究到底有什麼意義——即使如此。

（就算愚蠢——也沒有關係。）

（這比普通還要好得太多了。）

她是這麼想的。

無論是否有趣——不正常就是木賀峰的基準，也是她的個人特質。

今天的課在下午，距離出門上班還有一段時間。不過木賀峰有她生活的規律和習慣——一起床就先淋浴，接著做早餐。

朽葉只負責吃。

坐上餐桌，連「我要開動了！」都不說。

還一副得意洋洋的樣子，一邊看著報紙，咬著吐司——

「……嗯？」

像這樣。

她好像在讀經濟版，而木賀峰則著眼於翻開的頁面中的一篇報道——上頭寫著『連續殺人事件嗎？』斗大的標題。

「連續殺人事件……？」

那是常聽到也常看到的詞語。

不過，那也只是指在推理連續劇裡聽到的和偵探小說中看到的部分，在現實的報紙版面上看到如此的報導，實在少見。

因為，殺人事件多半——**不會是連續的**。

一次殺害大量的人，這種案件倒是很常發生——但間歇性的殺人，這可是相當罕見的例子。

至少在日本這個國家，殺人行為主要都是突發性的居多，再來就是一時衝動使然。計畫殺人之類的——一萬件當中，連一件都沒有。

「朽葉——報紙可以借我看一下嗎？」

「欸？請妳等一下，我正在看股市行情。」

「妳是想要確認什麼股價呢？」

「我對於投機客這個職業頗有興趣的。」

「勸妳及早放棄吧！」

半強迫的，木賀峰從她手中拿走了報紙，接著開始讀起了社會新聞——理所當然的，這並不是推理小說中的劇情介紹，而是現實中所發生的真實案件。

地點竟然在京都。

（連續殺人事件——）

（——連續攔路殺人魔）

五月一號的夜晚。

最初，一位二十三歲的大學生・羊澤鴻男在千本丸太町的小路上被殺害。

在這個時候，還是殺人的個案——但很快地，就在隔天，世間才發現這只是個開端。

五月二號的夜晚——第二名被害者。

行凶的地點在新京極的繁華街道。

屍體的狀況——已經分辨不出男女老少，被刀器大卸八塊，遭到肢解。從手法判斷，犯人恐怕（報導上是這麼寫的，但事實上肯定錯不了）為同一人。

接著，是昨天晚上。

黃金週的最後一天，五月五日晚間，第三名被害者出現——詳細時間與狀況和被害者的描述都不多，但既然能趕上早報發行的時間，就代表屍體發現的時間點，其實不算太晚。

打開電視，應該就能得知詳細的情況——該不該這麼做呢？

（不。）

（稍微考慮一下吧！）

那確實引起了我的興趣。

有些在意——也是事實。

缺乏現實感的——至少是近代日本罕見的犯罪案件。

不可思議，且令人難以置信。

可以確定的是，這絕對不普通。

換句不謹慎的說法——十分有趣啊！

接著，就必須得思考有沒有繼續深入瞭解的必要——這對我會有幫助嗎？

生命的研究。

另一種說法——永生的研究。

（普通——不是就是平均嗎？）

在她看來就是如此。

所以，提出了問題。

回想與他相處的那段時間，木賀峰非常喜歡向西東發問——他的回答會是什麼呢？這個瞬間，是最幸福的。

「所謂的平均啊，嗯，其實代表很多的意義——如果純粹以平均和中間值來解釋，意義會有些偏頗。不是有標準值嗎？我在這裡講的其實並不是那麼精確的意思——也就是說，人類在大部分的時候，都覺得自己位於中央以上的位置。所以，一般大眾所認為的平均，本來就會稍微偏高——必需要向下修正後，才是正確的數值。」

西東繼續說。

「所以，覺得自己是平均值以下的傢伙——才適合做我的助手。」

我的助手啊！

再繼續說下去，就成了成腔濫調——於是西東放棄了，向下注視著木賀峰，然後露出了「妳能了解嗎？」的笑容。

笑容——好詭異。

「在推理小說裡頭，名偵探的助手多半扮演旁白的角色，主要以他的視角來描寫故事——那推理小說的十戒還是百戒的，但確實立下了嚴格的規定。怎麼說呢，事實上——所謂的說書人，他的智商設定必需比讀者稍微低一些，因此，哈哈哈——如果是妳，又會如何？」

（什麼如何？）

（我——會如何？）

雖然很喜歡對西東提出問題——但卻不擅於回答他的質問。

外層的鍍金好像都會一層層的剝落。

不，剝落的不是鍍金——而是皮膚。

西東，會剝下別人的皮。

「約，木賀峰約，妳會不會太陶醉在優越感裡了啊？並且沉浸在自卑感之中？妳有辦法待在我的身邊——承受平凡地對待嗎？我先聲明——我只對普通的人有興趣。普通人，是最有趣的。」

「普通人，最有趣了。」

對於木賀峰來說，那聽起來像是拒絕的話語——他拒絕自己擔任助手一職。但事實卻不是如此，隔天，她就成為西東的研究，生命科學研究的助手。

（對那個人來說——）

也就是說。

不論她是怎樣的一個人，不論他問了什麼，對於西東天來說，木賀峰的存在——

有和沒有都是一樣的。

◆　◆

普通人是最有趣的。木賀峰直到二十年後的現在，仍無法瞭解他說的那句話到底是什麼意思——西東是恩師，木賀峰對他幾乎是盲目的遵從，即使是現在仍無法放下那份情愫，但她絕不是一個瞭解他的人。

或者應該說——就因為不瞭解，才會受到吸引。

難以理解的人。

難以解釋的現象。

難以掌控的世界。

那不正常的部分，對木賀峰來說完全就是她的理想——比起理解，木賀峰更在乎理想。

（即使如此，根據推測——根據推理。）

就像是在推理小說中登場的名偵探，一半推論一半猜測的，自顧自地做出了結論。

（對於西東老師來說——世界打從一開始就是瘋狂的。）

瘋狂的不是自己，而是這個世界。

（從最初到最後——東南西北四面八方，徹底的瘋狂。）

與木賀峰所看到的景色完全不同。

在她眼中理所當然的世界——西東卻不然。

甚至完全相反，因此，他——在追尋那份理所當然。

（追求不正常的我，無法適應西東老師的視野，也是理所當然的——對於西東老師來說，朽葉才是有價值的。）

圓朽葉，在實驗材料的層面來說，確實受到了重用——尤其是那半年的時間內，密切的程度令他自己都感到厭煩。

即使如此。

光這點就令人相當羨慕——甚至是忌妒。

對西東天來說——至少當時他的周遭，普通的人其實不多。

所有人對他來說，都是異常的。

就因為他比任何人都異常，比任何人都差勁，所以才能發掘他人的異常與低俗——他。

在異常之中尋求正常。

尋求瘋狂世界中的唯一正常的機能，那平凡的齒輪——

對他來說，普通才像是杜撰的。

普通——才是不存在的。

那不可思議，難以置信的存在。

（我。）

（我不平凡——所以，好無趣。）

（不過，我——不甘於做個普通的人。）

既不是普通人，也不是凡人。

我想要變得不正常。

就因為如此——未經允許，擅自接下了西東天的研究，未經允許，擅自繼承了西東天的意志——

沒有約定的都過了二十年後。

沒有約定的活到現在。

比起理解，更在乎理想——

「——真是傑作！」

因此。

當理想在眼前成真的時候——她反而笑了出來。

那情景無法解釋。

因為它完全超越了理解範圍。

場所——是在午後的大學校園。

為了課前準備，她提早在午休時間便抵達所使用的小教室。將筆記手稿夾在腋下，打開了門，就在那個時候。

教室之中——竟出現了殺人鬼。

戴著帥氣的太陽眼鏡，臉上還有刺青的少年——殺人鬼。

他粗魯的盤腿坐在桌面上——但木賀峰卻無心指責他的沒規距。

應該說。

看到整間教室的慘況——即使是她也不例外吧？

照理說，木賀峰助教授即將在這間教室裡上課，但小教室的地板——竟被黏稠的鮮紅液體，如同地毯般覆蓋住。

那是一人份的血液。

就連骨髓中的血也被硬擠出來的血量。

一瞬間，好像只看到了血泊，不見被害者的屍體。不過，那僅是錯覺。單純是因為被削成肉片的被害者，已經該不出人形，就這樣漂浮在排水不良的教室裡所形成的血池中。

（看不出男女老幼也就算了——）

（甚至連它是不是一具屍體都分不出來——）

徹底的解體。

非現實的——殺人現場。

木賀峰約大口吸氣——深深地做了深呼吸，然後將自己打開的門，靜靜地關上。

將自己留在教室內。

關上了門。

斷絕自己的後路——單獨與殺人鬼關在教室內。

「喔！」

零崎對於那樣的木賀峰——只是**滿心好奇地**看著。

他的瞳孔像是無盡的黑闇。

不只像而已——根本就是深不見底的黑洞。

即使不在晚上行凶也是合理的。擁有那樣視線，對他來說日夜根本沒有差別，永遠都像在黑闇中徘徊似的。

「什麼嘛！妳膽子很大啊！看來不只想把我給關起來——」

「——沒什麼特別的意思。」

木賀峰回答。

強裝冷靜。

「我再次預測到了——你即將在這裡行凶。」

「……啊？」

零崎被她所說的話嚇了一跳。

這倒是很符合他的年紀，一位少年該有的反應——

（與年齡相仿——）

（——十九、二十歲嗎？記得我剛在高都大學擔任助手，那時的西東老師也差不多是這個年紀——）

「真是搞不懂，怎樣，妳是在威脅我嗎？」

「……我可以問你一個問題嗎？」

木賀峰說。

外界看來肯定不知道她倒底用了多大的勇氣——她還不想死啊！

討厭死亡。

就算真的要死——也要為了西東老師而死。

想要死在他的手上。

根本不想要被這個莫名其妙的謎樣少年給殺害——**就因為如此**。

才切斷了退路，將現場給封閉了起來。

必須——要自己主動踏進去才行。

「問題？好啊！零崎小弟是一個俠義心腸的男人，不論妳問什麼，我都會回答——喜歡的女生叫什麼名字？或是今天內褲的顏色？什麼都行。」

「**這個**——是誰？」

木賀峰指著小教室的地板。

指著地板上的，那一灘紅色的液體——指著液體問那是誰？仔細想想，這個舉動相當滑稽，不過，她也沒有別的疑問。

她的鞋底。

也沾上了血跡。

「誰？」

零崎歪著頭。

歪斜的幅度很大，整個人好像都要從桌上掉下來了。

「妳問我是誰喔……對啊，他是誰啊？我從來沒想過耶！就是在那附近的那個誰啊！」

「…………」

那麼，應該是就讀高都大學的學生吧？

或者是教職員？

說實話，木賀峰本身對於那個人的身分其實也沒有多大興趣——這只是一個話題，從容易瞭解的部分開始下手，然後在切入重點。

不過，殺人鬼的回答，完全超越了她的想像範圍。

他並不是不知道**這個**是誰——只是比木賀峰更不關心這件事。

對被害者完全失去了興趣，現在他反而在意起眼前的這位目擊者，木賀峰。

「那麼——你又是為什麼要殺他呢？」

「殺人還需要理由嗎？」

「不需要嗎？」

「喔，原來是這樣啊！」

那，欸，我想想……零崎雙手抱胸，裝出一副認真的思考樣子。為什麼知道是裝的呢？從他竊笑的表情就能看得出來。

「恩……就當我看太多三流推理小說好了！」

「…………」

「啊哈哈！」

說完，零崎就從桌上一躍而下——並不是朝著木賀峰的方向，他往窗戶跳去。很靈巧的，像是蠑螈或是壁虎那類的生物般，貼在窗框上——打開窗戶的鎖。

他為什麼要這麼做呢？看樣子，應該是不想要讓自己和身上的衣服被血給弄髒吧？

或者。

不是怕被血弄髒，而是怕被血給淨化——所以，他才會像這樣逃離自己所創造出來的血池地獄，好似有什麼潔癖般，避開了一切。

相當神經質。

然後，他又是為什麼要打開窗戶呢——

「這——這裡是五樓喔？」

木賀峰不小心問了他這個問題。

「啊啊，是啊，不是十樓也不是二十樓！」
零崎孩子氣地回答。
既然木賀峰封鎖了大門，當然，想要從小教室裡逃脫，就只剩下窗戶這個出口——
（不，真的是因為這樣嗎？）
（不對——殺了我其實更容易。）
必要性在哪裡？
（而且——他根本沒有逃走的必要。）
他就是他，就只是一個殺人鬼，對於自己的行為，完全不會感到什麼不妥。
他沒有做任何壞事啊？
「很普通啊！」
零崎將身體挺出窗戶，然後轉過頭來對木賀峰這麼說。
「人殺人，很普通啊！」
「……普通。」
「不這麼做才奇怪吧？人與人面對面，卻不去互相殘殺也太奇怪了——只會說些好聽的，利益牽扯，建立規則和人際關係——為了不去互相殘殺，要所有人都一起努力。所以，不殺人是刻意的，殺人才是普通的啊！」

啊哈哈！他笑著。

真不知道他那些地方是認真的。

就算現在是，也不保證下一秒不會改變。

「看那些三流推理小說，粗俗的暴力電影，不都是因為想要發洩情緒的補償心態嗎？怎麼樣，我有說錯嗎？」

無所謂啦，再見啦！漂亮的姊姊——

零崎人識像是從窗邊滑落似的，消失了蹤影。

而木賀峰背後的門被打開，前來上她課的女學生，發出了足以響徹校園的尖叫聲——不過就在三秒前。

◆　◆

事情的先後順序，很遺憾地因為遇見犯人的事實而改變——木賀峰約仍如同自己早晨看報時的預測，選擇了深入京都連續攔路殺人事件。

當然，這並不是推理小說的內容。身為大學助教授又是名偵探的她，在助手圓朽葉的協助下大顯身手，十分活躍——這是什麼戲劇化的展開？而京都連續攔路殺人事件，也在與木賀峰毫無關連的情況下收尾。

關於這件事，她沒辦法給予任何幫助。

或者應該說，就因為她的個人行為，自以為是的想要獨自追捕零崎人識而造成警方的調查上的混亂，身為目擊者，她對於現場狀況做出了偽證——沒有幫忙也就算了，竟然還妨礙調查。如此的行為在世人看來，是愚笨的，是不講理的，更會白白使得被害者的數量增加。但這些對木賀峰來說一點都不重要。

她只對於事件的解決與自己無關的部分感到可惜罷了。

（我——真的被丟下了嗎？）

（真的永遠追不上西東老師嗎？）

事件結束後，木賀峰就像這樣十分低落且沮喪，而圓朽葉並沒有試圖安慰她。畢竟，朽葉沒有義務要這麼做。

不過，即使如此，在那之後的，同年的暑假——因為這個事件，促使木賀峰將與犯人・零崎人識相對應的那個存在，也就是鹿鳴館大學的大一新生・戲言玩家帶到自己的研究中。不難想像，今天所發生的事，和零崎人識短暫的談話帶來多大的影響。

事實上，先不論木賀峰約和圓朽葉花了二十餘年所找尋的恩師，她們卻與有如西東手足般的存在相遇了——不過，這也是在那之後的事。

而現在是——五月六號，星期五。

第三章

「你有什麼嗜好嗎？」

「擁有嗜好並不是我的興趣。總覺得到了重要的時刻，自己會因為那些沒必要的嗜好而感到困惑。」

「重要的時刻？你是指什麼時候？」

「突然想自我了結的時候？」

「一直不都是這樣嗎？」

「不論是興趣還是什麼，只要有所眷戀，就會留下後悔。人們不是常說嗎？要選擇不會後悔的生活方式。」

「不要等到死了再後悔，選擇在活著的時候後悔不就行了？」

「話說回來，你的嗜好是什麼？」

「殺人。」

◆　◆

七七見奈波是個腐女。

熱中於男生們的人際關係。

深受吸引，心動不已。

完全為之傾倒。

所以對她來說，推理小說——又或者偵探小說，亦是那種性質的讀物。

然而最近風潮的減退令七七見感到落寞（雖然這也能滿足她少數派主義的自尊。），在過去，像她這種類型的讀者，也占了一定的比例——年代稍久的夏洛克・福爾摩斯與華生博士的朋友關係、明智小五郎與小林少年的主從關係，以及近代的御手洗潔和石岡和己、有栖川有栖與火村助教授還有京極堂和關口巽的關係都令她們十分醉心，也就是說，這類的讀者所重視的是角色的性質。

事件都無所謂。

謎題也都不重要。

管他被害者是誰！

殺人動機為何？

所使用的凶器又是什麼？

就連犯人是誰都完全不在意——不對，如果是具有魅力的犯人，與偵探具有**建設性**

的關係，當然也是非常歡迎，但在七七見看來，那只能算是例外。

這純粹就是喜好問題——

而七七見所重視的，是偵探角色與助手間的對話和互動，就只有這些。

聰明的偵探叱責迷糊的助手，如此的情節可以說是劇情的最高潮。即使是在普通不過的責罵場面，從她們的角度看來，當中都伴隨著深刻的友情和愛意——**只注重橋段**的閱讀法，她可是相當在行。

更甚至讀完了整本小說，也不會記得故事的脈絡，這才是她最真實的感想。

許多讀者會因為作者的個性而對內容有些意見，但她本來就只是角色的支持者，所以並不會太在意。

毫不在乎地專注於她的同人誌製作。

沒錯，她是具有繪畫專長的腐女，理所當然會出版她的作品——與為數不多的同好合作，製作了三十二頁的ＯＦＦ本，相當受到歡迎。

社團名稱就叫做『淪喪的魔女們』。

帶有年輕人標準的自我毀滅特性，卻同樣為這個名稱感到驕傲。本來是想取做『淪喪的腐女』，不過風格實在太過強烈，最後折衷選擇了較為溫和的版本。

七七見最喜歡描繪同人插畫時那種背棄道德的感受——與看推理小說時的情緒差不多。

（沒有任何差別。）

她是這麼想的。

（目前所做的事——和那些鑽研本格派推理小說，而後決心自己創作的作者們沒有任何差別。）

創作即為藝術。

身為腐女的她，可是為自己的特質感到驕傲。

引以為傲。

目前製作的雖還是改編同人誌，但她的夢想，是要出版原創漫畫。

內容未定，但名稱已經想好了。

『腐女也是女生』

就以這本作品登上暢銷排行第一名的位置。

◆　◆

先不論這些。

五月十號，星期二。那樣的腐女竟感到困擾不已——為了難以啟齒的原因。

很難從外觀上察覺她的苦惱，但就算是那個散發出與世隔絕的氛圍，孱弱不食人間煙火的七七見，她還是人類啊——一個普通人。

有煩惱是正常的。

那煩惱的理由也極為現實。

（真令人羨慕。）

（那些悠閒到會為了找尋自我之類的原因而感到煩惱的同學們——還真令人羨慕。）

她是這麼想的。

這都是因為，那個時候的七七見奈波，先不管自我探索了，就連自己的落腳之處都還找不到——她才剛被房東給趕了出來。

繳房租是理所當然的。

但不小心將那些用來支付生活開銷的存款，買了推理小說和同人誌製作的材料，更是理所當然。

沒有人會感到同情。

甚至沒有交涉的餘地。

不對，若是積極地與房東交涉，或許不會走到這一步，但不論如何，連下個月地房租也沒有著落的她，如同被趕走般，自己逃出了住處。這才是正確的選擇吧？

不喜歡在房裡擺設太多雜物，她的行李就只有書和書桌，一些文具和被子。這些東西已經搬去了大學社團大樓的空教室間裡——這接近犯罪的搬家行為，一路有的朋友幫忙。

需要的只有朋友。

但她真正需要的，或許是道德感。

（唉。）

（像我這樣的笨蛋大學生，怎麼可能具有什麼健全的常識呢？）

基本上，同樣在京都，就讀與鹿鳴館並列的有名私立大學，浪士社大學的她，在大眾的眼中，可是優秀的大學生——七七見卻從不覺得自己優秀。

（高都大學中或許真有了不起的學生——但大學生，是大學生又怎樣——）

這，就是她的價值觀。

不。

不只是對於大學生的看法——她對很多事物，都是這麼想的。

她其實已經二十歲了。

是個成年人。

一個大人。

卻不像是個成年的大學生般，她對於自己幼稚的精神面感到有些失望——具體來說，她從沒想過自己會是個因為付不起房租而被趕出住處的人。完全出乎意料。

不只自己本身。

周遭也是這樣想的。

十年前——十歲的她所夢想的未來，成為大人的自己，或許七七見已經忘了也說不定，但絕對不是現在這個樣子。

從來沒想過要成為這樣的人。

（啊啊，這麼一說，小學的畢業文集裡，我確實是這麼寫的吧？）

（想要成為大學生。）

這只是四年限定的一場夢嗎？

不過——以現狀來看，那樣（應該就是孩子們非常孩子氣的天大誤解）的夢想，現在正遭逢危機——現在的她，失去了自己的棲身之處。

事先預付了一年的學費——至少不用擔心繳不出學費，但社團大樓應該不能住人吧？（將行李暫放於此也只是一時的緊急措施罷了。）一直投宿朋友家也不是辦法。

到最後或許連朋友都丟了。

可以不需要道德但不想失去朋友——想要重視人際關係——因此，目前的她十分煩惱。

煩惱著煩惱。

（七七見煩惱（NANAMI NAYAMI））——）

（試著念念看。）

真無聊。

唉。

不論煩惱有多廣有多深，現實的高牆仍阻擋在面前，屹立不搖。若沒踏出第一步，就找不到新的房子，找不到新的房子，就沒辦法兼職工作。

京都雖被稱為學生之都，對學生卻一點也不友善。她內心憤慨不已。

低時薪。
房租押金卻很高。
自己到底為什麼要到這種地方來呢？她歪頭思考著，不過馬上找到了答案——沒錯，我是因為喜歡生八橋，為了能夠三百六十五天都吃得到，所以才選擇要成為京都的住民。
而京都在過去也被稱為推理的聖地。
不過，距今真的有一段時間了——推理小說最大的舞臺，已不再是京都這個城市。時代的洪流與變遷。
（其實有些感傷。）
（不過現實是殘酷的，自己目前的狀態更是悲哀。）
再這樣下去，肯定會失去方向——或許現在已經迷路了也說不定。
今晚，仍找不到投宿的地方。
如果去了學校，即使知道這樣下去不行，卻還是會忍不住拜託朋友。深知自己的懦弱，她從昨天便缺席，翹了課——七七見在京都這個城市裡到處徘徊。
這其實是相當危險的舉動。
因為，現在的京都，因為殺人鬼的出現而危機四伏，一點也都不安全——被害人數，已高達四人。
各處都有警察待命，還設置了很多機動人員——可以說是小規模的緊急動員狀態。

在這樣的古都之中，找不到住處，七七見已經抱著露宿街頭這最壞的打算。如此的她，被人罵笨蛋也是無可奈何的——不過，仍稍為幫她解釋一下。

客觀性來說，她並不是愚笨。

而是無知。

沒錯，從五月開始，她就為了自己的進退而煩惱不已，根本沒注意什麼京都連續攔路殺人事件——

但只到今天為止。

◆◆

事實上，關於京都這個城市到底對學生是好是壞，意見相當分歧——不過這裡的年輕人熱衷於思考，或許有地緣性的關係。

不論是探索自己還是找尋住處，他們其實都擅於煩惱。

比如說，浪士社大學的位置在京都御所旁邊，就如同鹿鳴館大學一旁就是金閣寺一樣，他們日復一日，茫然地被那宏雄的歷史給吞沒，而後回顧自己——

「啊啊，我怎麼會為如此無謂的小事而煩惱呢？跟這個都市一千兩百年的歷史相比，實在太微不足道了！」

他們具有此的見識。

相反的，即使自己的煩惱縮小了，也不代表現實的高牆就會因此得以撼動——無論縮小還是放大，那堵牆仍然不為所動，心情卻能因此輕鬆不少。

話雖這麼說，若提到現實，只要住在那片土地，意外地都不會去遊覽那些名勝景觀——事實上，七七見奈波只有在考上大學後，剛到京都的那一個月，曾經去過神社參拜。

而且，她甚至記不清自己去過哪些地方，唯一有印象的是晴明神社——雖然這符合她的作風。

（住在這個隨處都是古蹟的城市，實在白費了。）

（至少應該造訪那些自己所喜愛的推理角色相關聯的地方才是。）

自己本來就是一個怕麻煩的人。

無法做出長時間的規劃——難怪，成為大學生會是她小時候的夢想。

先不論那是多麼嚴重的誤會，小時候的自己，大概無法想像三十歲時的模樣吧？最多只到二十出頭左右——小學六年級的夢想，若是『考上高中』應該也不奇怪。

（三十歲——就連現在的我也沒有任何頭緒。）

（我還活著嗎？）

（要不要去神社掛上祈願繪馬？）

（寫下將來的夢想。）

（然後，再求支籤好了。）

只要這在這片土地——這句話，在七七見身上並不適用。嚴格來說，她目前根本不住在京都。

甚至連住的地方也沒有。

既然如此，就到處走走看看吧——她做出了結論。

雖然就是一個逃避現實的發想，但對此時的七七見來說，確實是個好點子。

換個說法，這個點子，只為了渡過今晚，打發接下來的二十四個小時。

是虛無的。

是瞬間的。

就因為那種個性才讓自己陷入目前的窘境，不過，她本能性的抗拒如此的自我分析——厭惡至極。

年輕人特有的自我毀滅性格，她當然不例外的符合如此傾向——那不是否定自己，而是放任自己走向毀滅一途。

即使如此。

（沒錯。）

（就往哲學之道出發！）

雖然只是個臨時起意的決定，在京都（以名稱來說）的景點之中確實相當適合煩惱不已的她，而且以目前窘迫的情況來說，她不得不作出一些行動。

哲學之道。

曾經在幾本推理小說中看過的觀光景點，不過七七見完全不知道確切的位置在哪裡——那種無法從命名方式做出聯想的曖昧感，倒是很吸引人。

（應該就是銀閣寺旁的那條路沒錯啊！不是嗎？）

（銀閣寺——是在左京區沒錯吧？）

如果能事先逛逛書店，翻閱旅遊書的介紹，無論位置還是經路，就連由來和歷史都能深刻的瞭解，不過七七見最討厭事先做準備了。

厭惡知識的增加。

她那不喜歡持有的獨特個性，不只是有形的存在，甚至對於無形的部分也相當嚴格——而她之所以對京都連續攔路殺人事件毫無概念，同樣是基於這個原理。

不願意瞭解。

保持無知。

為了瞭解而付諸實行的舉動，她一點都不在行——總覺得動機不夠純正。知識本來就是經由累積而成的。

這並不是什麼高尚的思想，與其知識更在乎智力之類的——看來都是因為她虛無且瞬間的性格所造成。

於是，她在五月十日，一時興起要朝向哲學之路邁進——在她找到這個目標的時候，天色已經快要黑了。

也就是所謂的逢魔時刻。

或許一直在重複，但考慮到目前京都的治安狀態，她的行為實在令人難以想象——爾後與她相識，甚至敵對的鹿鳴館大學一年級生，那位戲言玩家對她的評價如下：

「什麼都不知道、不去看不去想的人，他的強度是不可預測的。」

如此的表現在貼切不過了——即使當著七七見的面這麼說，她恐怕都無法理解你想表達的意義。

（拿錢坐公車太浪費了。）

（就用走的吧！）

自己有的只有時間——體力還可以用過甚來形容。

因此，七七見跟隨路標指示，從出川路往東邊的方向，一步一步地走著。

目標如果是銀閣寺，傍晚就應該到得了吧——與神社和寺廟不同，反正只是條路，就算是在晚上抵達，應該也無所謂吧——想法還是一樣的不謹慎。

這也稱不上想法。

基本上，都已經到了夜晚，她卻還不知道今天該渡過。像她這樣妙齡女子，如此的行為根本就和自殺沒什麼兩樣。

即使不是自殺行為。

但或許會被過路殺人魔給殺害——也說不定。

她專心地往前走。

沒有在發呆，也不是特別有精神，總之，她持續走著。

過橋橫渡鴨川。

途中，還經過了高都大學。

高都大學，在四天前曾經為殺人魔的舞臺，成了凶案現場，七七見當然不會知道——連自己就讀的學校何時放假都不甚清楚的她，又怎麼會知道其他大學目前呈現停課狀態呢？

就只是路過而已。

無知，真的十分強大。

（不管多麼煩惱——）

（像這樣走著，拚命地走著——所謂煩惱，也變得無所謂了。）

七七見在抵達哲學之道以前，光是步行這個行為，就使她從煩惱中做出了結論。

但或許仍不敵如此進退兩難的現況，在路上她幾度走進了便利商店閑晃，消磨時間（當然時間還是一分一秒地流過，夜色也越來越暗。），最後，她花了兩個小時左右，終於抵達了，名勝——哲學之道。

◆　◆

就如同先前所說的，七七見並沒有在書店找查過相關的資訊，但入選日本百大道路的哲學之道，一旁的介紹看板，是這麼寫的——

『明治二十三年，在東山山麓建造完成，連接琵琶湖疏水，沿線種植櫻花樹的長約一點八公里的步道，即為「哲學之道」。

臨近銀閣寺，後經法然院、若王子神社、永觀堂、南禪寺等著名寺廟，在京都的傳統歷史和文化之中，仍占有重要地位。

昭和四十三年，在當地居民與京都市倡導的環保意識推動下，重新的翻修整頓。

爾後，當地居民與水道局盡力維持步道的整潔與保護，哲學之道得以呈現春櫻夏螢，秋楓冬雪等四季美景，供所有市民健行、玩賞。』

她試著讀完了它。

很普通的感到敬佩。

七七見並不是一個，在這種情形之下還會作出奇異舉動的怪人——即使沒有常識和知識，實際上接觸到歷史和傳統後，至少還具有一定的感受性。

而七七見本來就是一個感性的人——所以才會不停地重申「我是一個腐女」。

四周早已一片漆黑，七七見藉著手機的光源，讀完了看板，不過，讀個看板也稱不上是觀光。

長約一點八公里的步道。

不走完全程——怎麼說得過去呢？

（…………）

（欸？真的假的？）

在瞭解到這個事實後，之前的敬佩之心不知道跑到哪裡去了。

為了到達這裡，已經走了不少的路，一想到還要繼續往下走，她的臉色大變——不過，事到如今也沒有別的選擇。

即使是凡事欠考慮的七七見，身處的場合既為『道』，她也應該知道那代表什麼意義才是——

（啊——）

（入選日本百大道路——其他的九十九條路，又是什麼模樣呢？）

（是國道嗎？）

東海道或是中仙道之類的？

她隨意地想著這些無關緊要的事，終於踏出了第一步——與哲學性的思考還有一段距離，她只是為了煩惱現實中的俗事——欸，怎麼會這樣？

我的煩惱是什麼啊——

「——真是傑作！」

突然地。

大概還不到哲學大道的一半——那位少年，突然現身。

或者，可以說是出現。

他好像隱身於黑暗之中，與四周的夜色融為一體，直到剛才都沒能察覺他的存在。

那樣的一位——顏面刺青少年。

（…………）

（……好可愛。）

這就是第一印象。

七七見奈波喜歡小個子的男生——因此，站在眼前的他，在外觀上可以說是完全命中了她的喜好。

正常的情況，她的防禦心應該會再強一些。

不論是哲學之道還是東海道，不論是百大還是千大道路，而現在，**此時此地**毫無疑問的就叫做**夜路**。

就在這條夜路上。

不論是不是少年，是不是她的喜好——他確實是個**雙手拿著武器的人**。

如此一來，就不應該覺得對方是一個正常的人類——應該把他當成惡魔或是魔鬼還比較正確。

過路殺人魔。

或是，殺人鬼。

應該要覺得自己遇到了——在這個世界上是完全合理而正確的。

雖然如此，七七見卻——

（好可愛！）

對他竟懷抱那樣瘋狂的第一印象，這也表示如同哲學和京都連續攔路殺人事件，她真的都一無所知。

就連像這樣觀光景點，四周卻不見人潮的現象，她也單純用了時間較晚來解釋——這或許真的是借口也說不定，但在後來按照她的說法：

「我還以為那孩子手上拿著的是玩具刀呢！」

像這樣。

令人哭笑不得的說明，實際上看來好像真是如此——即使有人會這麼想其實也不奇怪。

配槍的警察在遇到罪犯時，第一發子彈都是嚇阻用途，直接瞄準犯人的身體，通常已經是最終手段。因此，在那之前，犯人是不會知道手槍的威力——就如同字面上的意思，主要是叫犯人不要輕舉妄動。

如果不這麼做，就無法表現手槍的威力——就因為日常生活中少有接觸，一時還反應不過來。

雖然比手槍更貼近生活，同樣的道理也是能在刀器上得到驗證——

就只是個普通人。

平凡的七七見，是不可能立即意識到它的危險性的。

無知的力量——實在強大。
若是真想要威脅她，真槍實彈還不如G筆尖的沾水筆或筆刀來得有效果。
更何況。
那位顏面刺青少年——殺人鬼也不是為了要恐嚇七七見才站在那裡的。
殺人鬼的工作，本來就不是威脅。
而是殺人。
威脅對他完全就是浪費時間。
「我是零崎人識——」
少年報上了自己的名號。
不過，七七見仍然搞不清楚狀況——他好像說了些什麼，只聽到了『ZEROZAKI HITOSHIKI』的發音，卻沒意會到那就是他的名字。
有很大的原因，是因為聽起來確實不像是一個人的名字，但說穿了，其實是因為七七見早就被他的外型給迷惑了。
她對少年的喜好已經到了病態的程度。
完全就是她最喜歡的類型。
而他們的相遇對七七見今後的人生確實帶來了正面的影響——而且殺人鬼的名字，不知道當然是最好。
不過，若是無法從遭遇殺人鬼的現況全身而退，當然也沒有什麼未來可言——看樣子，她連一點危機意識都沒有，好像也沒有馬上離開現場的打算。

「——我說啊，那個……」

零崎說道——雖然都主動的說出自己的名字，但他似乎並沒有特別要和七七見說話的意思，只是東張西望的轉著頭，想是在自言自語般。

「這裡，是哲學之道嗎？」

接著。

「沿路都是民宅，想要找哲學之『道』卻走錯『路』了嗎？那還真是傑作啊！」

「…………」

七七見起先不懂這整段臺詞的意義，但很快的。

（啊啊。）

她總算瞭解了。

這位少年恐怕是從她的反方向的另一頭——若王子的方向，沿著哲學之道走過來的。

突然地出現。

冷靜想想那幾乎是不可能的——應該只是正常地走著，然後從彎度較大的地方，慢慢露出身影。

而反方向那頭的入口，可能沒有方才她所看到的立牌吧——又或者，是他沒有發現也說不定。

在四週一片漆黑的情況下，是極有可能的。

經過一番思考後，七七見——

「沒錯喔！」

開口告訴了他。

她絕不是一位熱心的人（連她自己都知道自己的個性很差。），但如果對方是一位美少年，那就另當別論了。

「這條路就是——哲學之道沒錯。」

「喔！」

她似乎是用上對下的口氣回應，一副自己很清楚的樣子（自己明明也是第一次來到這個地方。），但零崎人識好像沒有因此感到不悅，只是點了點頭，動作持續左顧右盼著。

「哲學啊！」

他說。

「這麼說來，我果然還是不行——沒有任何靈感啊！我以為來到這種地方，就連我這種傢伙都能**感受到些什麼**，或者還能看到什麼幽靈之類的——這裡不是那種景點嗎？」

「你有什麼煩惱嗎？」

「啊？」

裝出一副姊姊的姿態，她開口問，沒想到卻換來零崎銳利的視線。

「煩惱？怎麼可能呢——像我這樣妖魔鬼怪能有什麼煩惱？」

「我也不知道……」

零崎似乎被激怒了——雖然瞪著她看，嘴角仍帶著一絲笑意——有些遲鈍的她，自顧自地再度開口說話。

「我現在正為了無家可歸而煩惱。」

主動說明了自己的煩惱。

「無家可歸？」

零崎重複了她所說的話。本來還在四處顧盼的他，突然停下了動作，將頭歪向一邊。

「無家可歸——那是沒有家人的意思嗎？」

「欸？」

「如果是這樣的話——也太令人羨慕了吧？所謂的家人，在意義上其實和枷鎖差不多。」

「那——那個。」

「連『家』本身也沒有啊？才不需要那種東西呢！有家可回才是一件殘酷的事。」

啊哈哈！

零崎笑了。

那笑容——再度獲得了七七見的青睞。

此時，她終於發現，眼前的他身上那不尋常的氣息，而稍稍樹立起警戒心——不過觀賞零崎的角度依舊沒有改變。

她本來就不具有判別光環這種曖昧感受的技術。

就只是個普通人。

雖然有些在意他所說的話。

「有家可回——為什麼殘酷呢？」

「就因為有家可回，所以不得不回去啊！也就是說——像是被鎖住一樣！」

零崎說。

「所謂的羈絆其實就是枷鎖，而家就是監牢。家人更像是同一個監牢中，被同一道鎖給鎖上的，同房的囚犯啊——雖說血濃於水，但不知道哪裡來笨蛋竟然直接把可爾必思濃縮原汁拿去喝！家。家人。羈絆。真不懂大家為什麼要那麼在乎這些東西呢？」

「…………」

家——監牢。羈絆——枷鎖。

家人——囚犯。

說得一副理所當然的樣子，不過那究竟是哪門子的方程式啊——即使不是七七見，也不可能有人會這麼想。但最令她感到衝擊的，是自己竟然找不到否定的理論。

「家人，是無法選擇的啊！」

隔了一拍——零崎繼續說。

「不想生在這樣的家庭——又沒有人拜託你把我生下來——說這些話，或許很像任性的小鬼，但如果真的這麼說了——早知道就不要把你生下來——如果說父母不會這麼想，一定也是騙人的。從古至今，都不停讚頌血緣關係的美好，不過那又如何呢？家人只不過是無法切斷緣分的另一個個體罷了啊！」

「另一個個體——」

「家，是離不開的異鄉，無法丟棄的包袱——重量實在不輕啊！」

搬家是越搬越困難——零崎只是用比較淺顯易懂的方式表達而已。

「他是叫井原西鶴嗎？江戶時代的藝術家，一輩子搬了近百次家的強者——每個人如果都能像他那樣生活就好了。將所有東西都丟掉，再前往下一個住處——啊哈哈，多好啊！妳做得到嗎？」

「……做不到。」

很誠實的回答。

財產全都搬到社團大樓裡去了——就這樣閒置在空教室裡。既然都放著不管，那何不直接丟掉呢——不知道為什麼，就是無法割捨。

書，看完就可以丟了——有需要再買就好，不過就多花個幾百幾千而已，但永久的占據一個空間，對人生來說才是個損失。

就算明白了這些道理，卻仍然無法把書給淘汰——

家和家人也無法捨棄。

像是無法刪除的資料。

「朋友是可以分開的——戀人也可以分手而人際關係可以被取代——但唯獨家人，是沒有辦法的。不論行動有多自由，只要家還在，家人還在——我就是個囚犯。」

所以我才羨慕妳啊——羨慕妳的心——

零崎如此說道。

看似不經意地——走向七七見。

雙手的刀閃耀著鋒利地光線，一步，一步地向她接近。

（咦？）

（他該不會是想殺我吧？）

終於——且突然的，她開始往那方面去思考。

做出了那個結論。

實在太遲了——不過，也不代表早一點就來得及。

或許就因為她遲遲沒有理出個結論，才會讓這個瞬間，延後到現在——越是想逃跑，越是發出悲鳴，越是會引發殺人鬼下手的動機。

根本不需要理由。

必要的，只是一個契機。

因此，那遲遲未出現的契機，對七七見來說，是個奇蹟——對於不聽、不看、不去思考的她來說。

要怪只能怪他驚人的洞察力——

「——嗯，啊啊，想逃跑啊？」

奇蹟似的活到現在，沒想到最後她還能幸運的逃過一劫——在殺人鬼的面前，她竟能毫無自覺地達成如此成就。

零崎人識只要再走三步——他手中的刀就能觸碰到七七見的身體，但又突然的——如同他的出現，零崎人識竟頭也不回的轉身離去。

若是用文字來形容他的舉動。

他逃跑了。

「欸？怎麼一回事？」

還不知道發生了什麼事，她甚至來不及感到疑惑——下一秒，就有個聲音就從她身後傳出：

「妳在這裡做什麼？」

突然出現的聲音，令她背脊發涼，身體不由自主的抖了一下。

慌慌張張地回過頭，一位綁著馬尾的女性就站在那裡。

雖然綁著馬尾，但那位女性卻與可愛一詞毫無相關性——應該說是威風凜凜還比較貼切，像是個驍勇善戰的武士。

扛在肩上的木刀，和身上穿的甚平，更符合了那樣的形象——臉上的嚴肅的表情與她的站姿相互呼應。

她拿著比刀器還容易辨識的木刀——但七七見或許就是一個不懂得害怕的人吧？

「真是危險！目前京都的治安很不好。」

她簡單扼要地說。

（這樣啊？出了什麼大事嗎？）

（難怪。）

七七見感到認同。

直到現在才把狀況給弄清楚。

不過，她仍舊不會知道那位可愛的少年，是發現這位女性的接近才逃走的——

（這麼說來，她可是我的救命恩人。）

「我是自警團的人，算是兼差。我正在巡邏。一個人很危險，我送妳到明亮的地方。」

口條很差。看來不太會說話。

並不是因為怕生，不過，她說的話全都糊在一起，每說一個字都要經過確認。即使不是救命恩人，印象也不至於太差——七七見聽從她的指示，走完剩下的哲學之道。

與零崎人識的對話還迴盪在耳邊。
她最初的煩惱，好像全都拋到了腦後。
雖然只是遺忘，原因並未消失——但她感到解脫。

◆　◆

這就是七七見與淺野美依子的相遇，之後，在淺野的協助下，她順利的找到新的住處——如果不是因為殺人鬼，她也不會與淺野認識，基於這點，她應該算是少數由於這一連的過路殺人魔事件而受惠的普通人。
俗話說，賽翁失馬焉知非福——但這或許就是為什麼她會被稱為淪喪的魔女。
當然，七七見奈波幸運地逃過一劫，即代表今晚有另一個不幸之人成為殺人鬼的刀下亡魂——第五位被害人可以說是代替她被害的，不過，七七見是不會知道這些的，也沒必要知道。
只不過，關於家和家人，零崎人識的個人哲學——他名為人生的路途，多少成為了必要的橋段，對七七見今後的發展帶來了影響。
也就是說，無知的她。
最後，還是瞭解了。

而這一切——

都是五月十號，星期二所發生的事。

第四章

「世界上有各式各樣的力。其中，所謂的權力是最抽象的，從它沒有具體的形態到存在意義都是。」

「如果以社會的角度來看，權力機構是必要的。若沒有人能健全的支配，群眾就會大亂。」

「不過，排列組合要有適度的偏差，才是社會的原義吧？毀滅是生產不可欠缺的一環。」

「如果能支配那些毀滅，才是真正的權力、權力者。橫列縱列，往上或往下，就像是填字遊戲。」

「遊戲我不喜歡，填字就好。文字，交錯。」

「真是正確的對話。」

「即使權力是存在的，但總覺得權力者卻不存在。」

「即使有權力，卻不一定伴隨著權利，對吧？」

「沒錯。」

「嗯。與暴力相比，它的定義確實較為曖昧不明。」

「我並不覺得暴力的存在和意義是相同的啊！那根本不能比較。」

◆　◆

佐佐沙咲不喜歡名偵探，不論是八年前還是現在都是一樣的，那麼，讓我們稍微改變一下方向，如果問她對推理小說裡出現的警察機關抱持什麼看法？答案，依舊沒有改變，就是一點好感也沒有。

她之所以想要成為警察，完全就是為了安全因素，除此之外沒有其他的動機——不，像公務員那樣尋求安定的心情也占了一部分的比例。

無論如何。

沙咲並不是因為憧憬才當上刑警的。

況且在某種程度上，書中對於警察的描寫，都不算太好——更多的情況，警察都是負責襯托名偵探的角色。

並不是助手。

而是不討喜的綠葉。

與犯人其實沒有太大差別。

（或者——是權力的走狗。）

稅金小偷。

暴力且無能也就算了，更過分的，還會鬧出錯放犯人的愚行——那根本一點根據也沒有。

就連處理民眾問路和拾獲品的繳交，都會表現猶豫。
（不可能會有好感的。）
（即使想，都做不到。）
形象實在太差了。
在以偵探為主的故事之中，這是必然的沒錯，但對警方的詆毀，絕對超過必然的程度——在很多時候，甚至能感覺到作者的惡意。
「搞什麼嘛！」的感覺。
而沙咲是在大學畢業後才進入警察組織的，更是憤慨——如此的操作，倒底安得是什麼心？
「反過來說，這都是因為實際上的警察組織是那樣的龐大且無以撼動——就因為如此，作品之中，總不能出現那些被警察組織給使喚，鞠躬哈腰的偵探吧？某程度上算是一種平衡。」
搭檔斑鳩，用一副很瞭解的口吻這麼說。事實或許如此沒錯，但依舊還是相當自以為是的理由。
難以接受。
這也是沙咲不能接受名偵探的原因之一——要靠詆毀他人才能凸顯自己，這完全稱不上真正的強大。
不是這樣嗎？

自己是不是對於虛構的故事太過認真了？
不看討厭的推理小說不就行了？
（但好像也不是這個問題。）
不能算是問題。
每次思考到這裡，沙咲總是相當坦然。
有關於自己，討厭名偵探，卻喜歡閱讀推理小說，這種矛盾的迴圈，如果是八年前的她，並沒有辦法用一句『反正就是這樣。』來帶過。
八年前。
她還十分年輕。
雖然現在也是。
現在依舊年輕。
沒錯。

◆　◆

不得不提的是，以刑警作為主角的推理小說，少歸少，但還是存在——不論是警察總長，還是副總長，又或者是刑警和調查員，職務雖然天差地遠，但以他們為主角的故事，確實存在。

不過。

描述的方式，卻不像名偵探那樣受到推崇——甚至多半都在揭露內幕及黑暗面。

像是在針砭時事——那種帶有批判意味的手法，最近雖然不常見，不過，比起猶如在雲端上的名偵探，就像是一灘泥巴。

與其說是爛泥。

還不如說完全透露出人性的黑暗面。

沒有任何一位名偵探會因為上司的壓力或人情而退縮。

名偵探不受人際關係的束縛——

名刑警則不然。

就是這樣。

（不過，現實中沒有名偵探——但刑警和警察是確實存在的。這是不爭的事實。）

到底是重視現實還是那樣的現實其實是一種負擔？想要做出判斷其實不容易——應該就這麼一回事吧？

從不同的視角來說，組織『堅固而巨大且頑強』的警察機構，如果像名偵探那樣受到美化，說不定會引起讀者的反感——

（名偵探之所以那麼帥氣。）

（都是因為他不屬於任何組織的孤傲——僅止於此而已。）

遠離社會的等級制度，才會被描寫得才識過人，魅力萬分——卻不會令人感到不悅。

能夠安心的崇拜。

正常來說。

應該就是這樣。

因此，對刑警沒有心動的感覺其實是正常的——喜歡權力者，有時候是一種危險。

那種崇拜可能會引發權力的失衡——一點也不誇張，人類的歷史就是那些失衡的循環。

（所以——）

（我們本來就惹人厭的角色。）

不是真的惹人厭，而是扮演惹人厭的角色就行了。

不是真的汙點，只要扮演汙點的角色就行了。

或許無法當個稱職的綠葉——被討厭被汙染也無所謂。

根本沒想過要成為什麼正義的使者——為了自身的安全，自願投身於權力機構的沙咲是沒有資格的。

沒錯。

正義不是她的動機。

她所在乎的——是社會正義。

自力救濟——佐佐沙咲認為這是她在日常中的實踐，並把自己放在那樣位置。

◆　◆

先不論這些，在五月十五號，星期日。

佐佐沙咲和搭檔一同前往千本中立賣，造訪一棟硬要蓋在狹小巷弄中，形同廢墟又像是古董的破舊公寓——為了案件的調查。

正在調查清晨才發現屍體，剛出爐的殺人案件。

殺人事件。

避免誤會，先在此說明，這個案件與現在進行中的京都連續攔路殺人事件是不相關的——也就是**普通**的殺人事件。

就只是普通的——殺人事件。

不管世間的狀況為何，是安定和平或是發生了駭人聽聞的過路殺人魔事件，似乎都毫無關係，普通的案件仍在其他看不到的角落上演，那些極為普通的殺人事件。

大學女生被人勒斃——就只是如此。

（沒有任何意義。）

（遭到殺害的她，比起慘死在過路殺人魔手裡的被害者，根本沒有生產價值。）

硬要說的話——其實更為淒慘。

比較實在太殘忍了。

面目全非且支離破碎的遇害——遭人勒斃而死，大量被害者中的一人，或是唯一的被害者，每一條命的價值都是一樣的。

如果按照過去刑事劇的口吻——

案件是沒在分大小的。

（刑事劇啊。）

（只不過是因為有藝人演出，在描寫上就比小說來得帥氣精彩——）

若真的是這樣，乾脆就把以刑警為主的推理小說全都用輕小說的模式發行就好啦！專業的繪圖設計師，肯定能將他形象化，把一身的汙點都處理掉的。

擦拭工具。

（話雖這麼說。）

（但不能否認的——人手嚴重不足。）

不論是現場還是會議室，案件並不會依照警方內部人員的調度而發生——因此，事件還是有分大小，目前警方的勞動力有一半以上都分給了京都連續攔路殺人事件。而沙咲本身，在昨天以前也都在負責那個案件——

（真是鬆了一口氣。）

（可以不用去面對那種像怪物一樣的過路殺人魔。）

無法原諒。

即使仍要與令人咬牙切齒的犯罪者交手——已對多人下手殺人犯，和只殺了一人的殺人犯相比，凶惡的程度當然不能混為一談。

案件無分大小——

但犯罪卻有輕重。

（無論如何。）

（殺害一名女子——絕對不是什麼小事。）

總之，過路殺人魔事件過於轟動，使得普通的殺人事件好像變得不太重要——就連記者的報道也有差別待遇，所以，負責這個案件的沙咲絕不能如此。

她做出了決定。

並不是只有焦點新聞才是新聞。

千萬不要搞錯了。

（——說著說著。）

（已經抵達了有如古董般的公寓。）

千本中立賣。

狹小擁擠的巷弄——建築物與建築物間的隙縫，沿著小巷走到最深處，在那盡頭

——如果只是在京都漫無目的的閑晃，是絕對不可能發現，如此角落中的角落，夾縫裡的住家。

不，還不能確定是不是住家，而沙咲之所以會來到這個地方，是因為被害女大學生的朋友，好像住在這裡。

那位朋友，疑似是昨晚，被害者生前最後一個見到的人。

（簡單來說——）

（就是嫌疑犯。）

在推理小說中，懷疑殺人事件的第一發現者，可以說是不變的規則，但在現實世界，與被害者最後見到的人物，才是最可疑的。

事實上，被害者最後見到的『朋友』，不只一個人——根據調查，昨天是被害女大學生的生日。

所以在昨晚的生日宴會中——沙咲將會一個一個調查所有的出席者。

宴會的規模不大，出席人數除了被害者共有四人——已經問完其他三人的話，最後是這間公寓。

（……不是大學生嗎？）

（現在怎麼還會有人住在這種「三級古蹟」裡頭啊——）

房租便宜的地方不少——看樣子，應該是因為喜好才特別選住在這裡居住。

（到底是什麼樣的人——會想住在這種地方？）

（當然，在搜證時必須要保持客觀——）

「妳在做什麼？」

像這樣。

在公寓的入口處不遠，還在和搭檔四處查看的時候，突然有人向她走來還開口說話——或許是想得出神，沙咲完全沒有察覺。

沒有發現那位穿著甚平，威風凜凜有如武士般紮著馬尾的女性——好像被她的劍，一擊劈在額頭上的感覺。

當然，那位女性手上什麼也沒有。

並沒有帶著竹刀、木刀之類的東西。

「我問妳在做什麼？」

「……啊啊，我。」

那問題簡潔有力且重複了兩次。沙咲忽視自己內心的動搖，故作鎮定的說——

（她是從公寓裡走出來的嗎？）

（也就是說，她是公寓的主人？）

心裡一面這麼想。

「我是警察。」

並且展示了她的警徽。

「…………」

得到的回應，是一陣沉默。
與其說是警戒心，好像還藏著一絲反抗的氣息——不對，根本非常明顯。
是不是在隱瞞什麼呢——看起也來不太像啊！
莫非，只是單純對權力感到反感的表現呢？
（不喜歡警察啊——）
「妳是。」
穿著甚平的女性用手指著警徽。
「警。」
她說。
接著。
「察。」
然後。
「來這個家有什麼事嗎？」
「……嗯，其實是為了案件的調查——」
沙咲對於她說話斷斷續續且速度緩慢這點感到有些不耐，但還是盡量保持冷靜地向她說明來意。
目前還不算是正式的問話——利用這種偶發性的機會，藉機打聽被害者朋友的情報也是一個不錯的方法。

而在現階段，並不能透露太多案情——重點是那位被害者的朋友，還有——

（他的不在場證明。）

（如果她和被害者的朋友住在同一棟公寓——就先打聽那個人的不在場證明——）

她好像是用『家』來稱呼這個地方。

如果每戶每戶分開也就算了，通常不會用『家』來稱呼這樣的集合住宅——這即代表，她不只是這棟公寓的住戶，還和住在裡面的其他人相當親密。如此的推理應該沒錯。

這棟公寓就像是一個家。

而其他住戶就是家人。

這麼推測——應該沒有錯吧？

（這是推理？）

（只能算是一種從事實延伸出來的猜測吧？）

不過猜錯了也不會有什麼損失。

在讀推理小說的時候，常常會有一種只要推理錯誤，就毫無價值，不能容與任何失敗的誤解——但推理這種東西，錯了也無所謂啊！做出一百種推理，只要能說中五回，就很不得了了。

如果自己知道推理有誤，就可以立即做出新的假設，想要重來幾次，都可以。

不，如此反覆的驗證——在嘗試和失敗中摸索，才是沙咲對推理的定義。

「……是喔。」

身穿甚平的女性點了點頭。

點頭。

自己主動詢問——反應卻只有這種程度。

「這——是什麼意思？」

由於反應實在太差，沙咲忍不住再次確認了她的意見，沒想到她竟然這麼回答。

「我不是回答了嗎？『是喔』。」

（啊！）

（這個人太不對勁了。）

沙咲現在才做出這樣的判斷。

與正常的社會人士所遵從的物理法則完全不同——畢竟，這些年沙咲也看過不少人。

她——從對話之中得知她的名字，好像叫做淺野美衣子——她想要維護的東西，實在太明確了。

一點也不模糊。

一點都不複雜。

該做的事絕對確實做到。

不該做的事連碰都不碰。

貫徹如此單純的信念——說得好聽一點，就像是武士道的精神，但又再單純些，甚至可以用幼稚來形容。

只做自己想做的事——

其他都不屑一顧。

討厭的東西就是討厭。

對於他人的要求，即使是為了如此孩子氣的原因也會毫不猶豫的拒絕——不論對方是朋友或警察都一樣。

而能夠使淺野動搖的——

應該只有她的家人。

「……啊啊。」

話說又說回來，她其實也沒多壞，最後還是說出了沙咲想要聽到的答案。這次的主要目的，被害者的朋友好像就住在她的隔壁——關於他的不在場證明，淺野是這麼說的。

公寓的牆壁不厚，進進出出都聽得很清楚——那個人昨夜凌晨回家後，就一直待在房裡沒有離開——的樣子。

（能夠完全相信她的說辭嗎？）

很難從她木訥的表情中看出真相——如果那不在場證明是事實。

（嫌犯家人的證詞本來就不能納入考量。）

沙咲認為她是不可能會說出口的。

心裡雖這麼想，她還是和淺野道謝，然後走進了公寓。

淺野好像就這樣離開，不知道要去哪裡，不過身上依舊穿著甚平，應該只是去附近的便利商店買東西吧？

而她的甚平背後，白色的布料上寫著『達觀』這兩個字。

◆　◆

（……………！）

（不得了的傢伙出現了。）

這是——對被害者朋友的第一印象。

不，所謂的第一印象並沒有想像中那麼表面且毫無根據——更不是什麼職業的審美觀，洞悉人性的慧眼。佐佐沙咲靠得是她生物性的本能也就是直覺。

早在公寓前遇到淺野美衣子的時候，她就已經做好了覺悟——這種居住環境，位於都市的正中央卻像是與世隔絕般的公寓，住在裡頭人絕對都不太正常。

不過，那樣的覺悟還是太輕率了。

沙咲本以為淺野是首腦——這間公寓，住著以她為首的怪人集團。
但她猜錯了。
就算淺野是中心人物——也不是首腦。
這怪人集團之首。
是一位眼神如同死人般空洞的——十九歲少年。
瞳孔黑得好像煮到混濁黏稠的墨汁般，少年朝她的方向看去——讓人不禁懷疑那雙猶如黑曜石的眼睛是否具有視力，向他展示警徽，似乎也沒有任何的意義。即使如此。
「我是京都府警搜查一課的佐佐沙咲。」
沙咲仍舊表明了自己的身分。
雖然內心很想立刻向後轉，直接回家然後沖澡休息——好好睡一覺，把今天的一切都給遺忘。
如此的相遇，就好像不小心在街上目擊了擦撞事故般，總有股不平的心情——我為什麼一定要面對眼神空洞的怪人和孩子氣難溝通的對象呢？
（那有——什麼為什麼？）
（還不都因為——我是警察。）

不過這應該是少年警察的工作吧？

到底經歷了什麼樣的過去，才會像這樣毫無生氣和精神，形同行屍走肉般地活著呢？

好想看看他們的構造說明書。

「啊，妳好。」

他的反應令人意外，但或許不做反應會比較好，少年還邀請沙咲她們進入房間——好像對於我們是警察的身分，一點也不在意。

比較起來，先前淺野的反應正常多了——仔細想想，她所表現出的抵抗心態，沙咲她們一點也不陌生，平時幾乎都是受到這種對待。

這位少年如此**隨意**的態度——反而更加可怕。

對什麼都漫不經心、無所謂、隨便——也就是說，他根本不把我們當成一種組織甚至是人，總之，沒有任何的感覺。

不管沙咲是誰——是警察，是殺人鬼，隸屬於警察機構還是犯罪組織，拿出來的是警徽還是玩具徽章，都是一樣的，他照樣會開門請你進來。

換句話說，他無法分辨人的差異——在人的頭銜、名字出現的瞬間，就和其他東西混在一起。

而且不只是混合——根本像是用果汁機攪碎一般，全都糊成一片均質化的物體。

惡夢般的玩笑，如同玩笑般的惡夢。

不，這樣比喻還不夠。

說得極端一點——這位少年。

不止無法分辨人的差異，甚至連人和石頭的差別都說不出來。

面對要人重視生命的標語，他可能還會一臉認真的說：『大概就和那附近的垃圾一樣重要吧？』，大概就是這種類型。

與其說他還能做出回應——

倒不如說，剩下的他什麼都做不到。

（……更可怕的是。）

（只需要說兩三句話，就能將如此的人格特質表露無遺——這已經不能算是先入為主的成見，程度完全不同。那是一種侵入性的力量。）

極度暴力。

強迫他人接受——異常的自己。

……本來是不應該發生的。

身為警察的沙咲，也就是讀者最為仇視的權力者——她竟然做出了預測，分析事件的關係人，正常來說，這都是推理小說中不會出現的情節。

不會出現的情節，根本就是不可能。

推理不屬於自己的範疇不是嗎——自己的行為應該符合自己的身分不是嗎？

因為偏見所造成的冤案，是絕對不能發生的啊——那是倫理性的價值觀，對於不願意冒任何危險，徹底要求安全的佐佐沙咲來說，這是不容侵犯和詆毀的信念。

這位少年。

確毫不在乎的——踐踏了她的信念。

踐踏蹂躪。

「請在那裡坐下。」

兩坪大，與其說是房間還不如說是利用死角設置的置物空間。少年催促著沙咲她們——一副理所當然的模樣，準備倒水給她們喝。

並不是礦泉水，而是直接從水龍頭流出來的自來水。

到底是怎樣的人，才會那這種東西招待客人——當然，我們並不算是客人。

不過，就算真的是客人，他一定也會做出同樣的事——

（並不是針對我們。）

（對誰都是一樣的。）

沙咲心想。

她們完全忽視他正在倒水的舉動——然而少年對此並沒有任何感覺。

說不定那個孩子，什麼都感覺不到——沙咲無法確定。

（該不會——真的只是假設。）

（那孩子不就是犯人嗎？）

如此的思考怎麼會到現在才浮上腦海呢？實在不可思議——不過，沙咲並不願意這麼想。

一點也不。

站在身後的夥伴似乎與沙咲具有相同的感想——不對，關於那位少年，她一定也和沙咲一樣，毫無感想。

這位少年，根本沒有懷疑的價值。

而這就是結論。

這位少年——並不會是普通的殺人事件的凶手。

就如同這次的案件，即使他是被害者的朋友，但涉案的可能性依舊相當的低。

說得更直接一點——他的名子有可能與出現在京都連續攔路殺人魔劃上等號，也不會是如此**渺小案件**的犯人——絕對不可能。

他是做不到的。

可能是殺人鬼——卻不是殺人犯。

就是這樣。

（案件沒有分大小——）

（——但有正常與異常的差別。）

界線的存在。

殺人事件並不是在現場發生的，也不是會議室——而是在人的腦隨之中。

事件，是人造成的。

「那我就開門見山地說了——江本智惠小姐，昨天死亡了。」

沙咲說。

「喔，這樣啊。」

少年只做出了這樣的回應。

不論是聽沙咲說話的時候，還是回答的時候，用杯子接水的動作從沒停過。

既然都死了，為什麼還要追究呢？

他的態度，就是如此理所當然。

◆　◆

有件事，必須要一個人好好集中精神思考。

在離開古董公寓之後，沙咲這麼說完，就和搭檔分開行動——不過，想要一個人好好思考這句話，確實是一句謊言。

只是想一個人靜一靜而已。

受到那位少年的荼毒，沙咲的精神狀態相當衰弱——雖然故作鎮定，虛張聲勢地完成了問話的流程，但如同跑完馬拉松全程般的疲憊感卻突然向她襲來。

好像一口氣老了三歲。

沙咲把自己放在思考勞動者的位置，除了偶發性的案件，她鮮少像這樣直接面對犯罪者——而如此罕見的個案，需要耗費的心力可想而知。直接面對犯罪者還比較好呢！

（其實也可以不用逞強啊——）

（不過，誰叫我知道什麼是最強呢——）

不能這麼做。

無論多麼異常，多麼不可理喻，都不能為了一個比自己小的孩子感到害怕退縮。

想辦法面對吧！

打破這個僵局。

不對，最後還是沒有從他口中問出女大學生勒斃事件的相關線索——沙咲甚至認為自己已經渡過本案件最大的難關。

她知道這是一場誤會。

不行不行。

可能是因為累了吧？才會想一個人，與搭檔分開——看來是無法轉換心境，但獨自面對自己的時候，總是得想辦法振作那委靡的身心。

若不趕緊打起精神可是相當危險的。
與她所追求的安全——又要背道而馳了。
總之，先重新整理那混亂不堪的思緒，恢復佐佐沙咲原來的人格模式。

「——真是傑作！」

就在必須要振作的時刻。
發現那個早就存在的聲音，對她來說到底是幸運還是不幸呢？這件事，就連八年後的現在，也沒有人知道。
而對當時的她來說，更是一個莫名其妙的展開——場所是在京都的熱鬧市區，新京極的正中心。
為了安定精神，她在棋盤狀的街道上走著，卻這麼遇到了——而且還是像這樣繁華的地方，熱鬧的時段。
基本上，這個時期因為受到了京都連續攔路殺人事件的影響，新京極大道上到處都有機動人員駐守，大家雖然都說是沙咲的好夥伴，但她卻不能否認街道正飄盪著令人不安的氣息。
就在這個時候。
一個毫不理會環境和氛圍的聲音，像是消除了所有的噪音般，和自己大腦發出的指令一樣清晰——沙咲，被那個聲音給叫住了。

回過頭——一位臉上有刺青的少年，就站在那裡。

他就是零崎人識。

京都連續攔路殺人事件的凶手——也就是所謂的殺人鬼。不過此時的他卻很反常的，手上連把刀都沒有。

兩手空空。

因此，沙咲是不會知道他就是那罪大惡極的殺人魔——她不會知道，到當天為止，那位少年已經慘忍的虐殺了八條人命。

不對。

她應該要知道的。

身為一位警察，搜查一課的新一代破案專家，她應該具備看穿人性的洞察力才是——如果是平時的精神狀態，她絕不可能會放過自己送上門的殺人鬼。

不過——現在倒是另當別論。

單純是精神上的疲憊也就算了——除了神經衰弱，她甚至還被下了毒。

那位少年的茶毒，波及到了視力。

那位少年的殘影，到現在還沒辦法從眼眶中消除——因此，現在的她就像是戴上兩副眼鏡，即使看到了零崎人識，也不如平時那樣銳利清楚。

簡單來說——焦點是模糊的。

所以。

「——可以問個路嗎？不過，我沒打算聽什麼人生大道理喔！啊哈哈。」

像這樣輕浮的被搭訕，沙咲仍像是被盲點遮蔽了似的，一時搞不清楚狀況，還在那裡發著呆。

好花俏的顏面刺青啊！

沒有服裝搭配的天份！

她只是茫然地想著這些沒有用的事。

「問……什麼路？」

脖子微微傾斜。

沙咲只是重複了對方剛才說的話而已。

「什麼，你……在跟我搭訕嗎？」

先不論他有沒有服裝搭配的天份，她根據那位顏面刺青少年所散發出來的輕浮氛圍，因此做出了這樣的推測——不過，這種推理有百分之九十五的可能性是錯誤的，而且還會給人自我感覺過於良好的印象。

零崎這個時候正在找尋約定的地點，在繁華的街道上徘徊，東張西望的——說得明白一點，他在這個不熟悉的地方，徹底地迷了路。

「我和朋友約在這附近的卡拉ＯＫ，但就是找不到耶！大家都說京都的街道是棋盤狀的，所以很簡單，不過那根本是騙人的啊！連我都迷路了耶！」

「…………」

「所以啊，妳告訴我路要怎麼走嘛！妳一副很瞭解的樣子。」

「……………………」

沙咲在過度疲勞隨時都會失去意識的狀態下，勉強聽到了零崎人識所說的話——雖然都有聽到，但卻不懂是什麼意思。

（對耶——我。）

（我一直都想要成為，能夠指引他人方向的人民保姆啊——）

並不想調查什麼殺人事件。

更不想面對——犯罪者。

只要能安全的執行勤務——讓那些善良市民的安全獲得保障。

就只是如此。

（但說到這裡。）

（那位被害者的朋友，一定也是善良的市民沒錯——）

「善良？那是什麼反義詞啊？」

沙咲不記得自己有發出聲音——不過，零崎似乎聽到了她心底的話，或者那只是他自己的呢喃。在沙咲告訴他卡拉ＯＫ的地址後，他也道了謝，但又再度開口這麼說。

「是邪惡的反義詞嗎？不過只為了和『良』的意思抗衡，要用到『邪』或是『惡』這兩個字，妳不覺得太誇張了嗎？」

「那——那個。」
如此的反應另沙咲十分困惑。
「所謂的善與惡，真的存在於這個世界上嗎——即使想要分出個是非黑白，也不可能啊！一切都是灰色的——全都一樣普通啊！」
零崎繼續說。
「妳看起來好像很煩惱的樣子——但煩惱是沒用的，妳懂嗎？世界的運轉與妳一點關係都沒有——就算哪天突然被殺了，人類也無法抱怨什麼。不論具有多麼偉大的思想和哲理，若是不小心遇到了喪心病狂的殺人鬼，然後遭到殺害、肢解、排列、對齊、示眾，一切就結束了。所謂的人類，不就是這樣嗎——而鬼也是一樣的啊！」
「鬼也是……？」
「沒錯！即使是喪心病狂的殺人鬼，同樣會感到煩惱和困擾，甚至還會迷路呢——但最後還是一樣，白費力氣而已。無所謂也無意義。煩惱只是在浪費時間罷了！而浪費也是一種損失啊！妳知道殺人犯為什麼要殺人嗎？因為他是人類啊！而殺人鬼又是為什麼殺人呢？因為祂是鬼嘛！其實根本不需要理由，更沒有什麼動機。所有的道理和理論，推理和倫理都不必要。機動部隊的大家雖然很辛苦——不過，完全用不著那麼多的警備呀！」
不需要名偵探。
也不需要刑警。

最後，事件的真相還不是因為人類。

零崎人識他這麼說。

「……我是警察喔！」

雖然不知道他在說什麼，但總覺得自己被小看了——說實話，沙咲的心情受到了影響。

那漫不經心的笑容也令她感到不耐煩，不想要再與他牽扯下去——於是，她亮出了自己的警徽。

趕走那些討人厭的小孩，用這招最有效了。

事實上，那效果遠遠超過預期——零崎人識他。

「嗚哈——」

說完，雙手還來不及拔出口袋，就這樣逃之夭夭。

正大光明的，毫不掩飾的。

從機動部隊的身邊通過——朝著沙咲指引他的方向衝了過去。

「…………？」

零崎人識的態度，好像令她的精神狀態稍微好轉，但同時她也察覺自己好像放走一個相當不得了的對象。

希望只是我太多慮。

不，一定是這樣。

所以也不需要太過介意。

（殺人鬼——還是攔路殺人魔。）

（雖然都不是我負責的案件——說不在意，是騙人的。那位顏面刺青少年所說的沒錯！）

（我只是**不小心遇到了不知從哪來的殺人鬼而已**——）

為了自身安全。

佐佐沙咲心想——還是打通電話給那個許久沒聯絡的**人類最強**吧！

雖然，好像有點太遲了。

◆　◆

就這樣，人類最強的承包人，哀川潤因此參與了京都連續攔路殺人事件——不過那樣的友情演出，並不是重點。

不，這整個事件本來就沒有重點。

事件只是發生了——而在發生的當下，就已經結束。

如果要說結論，或是最終的結辯。

京都連續攔路殺人事件，本來就不是連續的——斷斷續續。只能說有不少人都死在零崎人識的手上而已。

京都這麼大，但瞭解這一切的，只有這天與零崎人識約在卡拉ＯＫ包廂，那個住在古董公寓的大學生——戲言玩家一人。

第五章

「你覺得所謂的最強，到底有多強？」

「我想，應該會比預期中的還要來得更強吧。完全超越了數值，指針也無用武之地。」

「到這種程度啊！」

「嗯。不過超越了一定強度之後，就會呈現持平的狀態，和溫度到沒有上限的道理是一樣的。不論是一百度，還是一億度，水蒸氣一樣都會蒸發。」

「原來如此。但低溫的部分，確實有下限對吧？」

「沒錯，絕對零度。」

「最強沒有限度，不過，最弱是有底線的。」

「強者沒有絕對，不過，弱者是絕對的。」

◆　◆

哀川潤是一個普通人。

若是這麼說，一定會遭到四方輿論的攻擊，抱怨謾罵的聲音同樣不會停歇，至少她身邊與她熟識的人，一定會覺得那是個天大的誤會，令人恐懼的暴言。會表示贊同的，大概只有超級小偷石丸小唄而已。

不過，按照順序來分類最好的朋友的話，理論上，只要能找到歸屬且能夠解釋，就必須要認同其存在——意見有很多種，但這也是那些意見之中的一項。

既不是暴力世界的住民。

也不是財力世界的人。

更不屬於權利的世界。

卻與一切相關的哀川潤——

那最強的存在，除了能與這三個世界分別抗衡，更凌駕於『普通的世界』的住民之上，這都是因為有一定的確信，才敢這麼說。

反對意見應該也不少。

而哀川潤自己又是怎麼想的，那恐怕不是輕易就能知道答案的。

身為她身邊的人，佐佐沙咲並不是接受了這個說法，但如果要她發表意見：

「潤小姐其實是一個與世隔絕的人——在另一方面，同樣對人世有所眷戀。飛得越高，土卻紮的越深的感覺。講難聽一點，就是個平凡人，說好聽一點，就是富有人情味——最終的結論，她並不是因為壓倒性的腕力，或是深不可測的智慧，而坐穩人類最強的位置——如果想要遠離人群，就必須要先放棄人類的身分吧？換句話說，潤小姐，她完全沒有放棄人類的身分。」

她一定會像這樣談論哀川潤。

看起來好像有點困擾——但卻擁有一定的自信。

她一定會這麼說吧？

這種說法或許會讓以超越人類的人類為目標而創造她的西東天感到不快，但身為人類罪惡的他，感到不快是很正常的。這同樣也能解釋為無言的肯定吧？

「雖然是普通人。」

沙咲如果像這樣繼續說下去。

「像她這樣反而是最棘手——能夠消滅鬼魂或是怪物的，最後仍舊是人類啊！與其說是消滅，用破壞來形容會不會比較正確？在推理小說之中，與犯人對立的抵抗勢力為名偵探——但對真實世界的犯人來說，比起名偵探或是警察，普通人的目擊者才是最可怕的。無論是何其縝密而完美的殺人計劃，或是多麼龐大且大膽的殺人圈套，只要路人稍微回頭一看——忘了東西沒拿，又或者一通偶然的電話，都能輕易地讓這一切化為烏有。」

檯面下的規則。

不能明說地默契。

無視這一切的存在——那就是普通人。

「所以，從這個角度看來，潤小姐並不是名偵探——最接近人類，卻又不是人類，因此才會是最強的人類吧——」

與創造者的思維背道而馳，雖然沒能超越人類——

不過卻是人類的完成形態。

未完成的完成形。

那就是人類最強的承包人——哀川潤。

至少，在這次京都連續攔路殺人事件之中，從她在解決事件時所占的角色，一定也會有同樣的感受。

◆　◆

京都市城崎——在住宅建設規劃完全不具效力，擁有治外法權的高級住宅區中仍舊大放異彩的三十二層超高層高級公寓。

那最頂樓的一戶。

哀川潤同時啟動了五臺電腦，好像一次將五個放映中的畫面全都塞進自己的視野裡，她坐在位置稍遠的沙發上，使用無線一體滑鼠鍵盤，瀏覽著網路。

這當然不是普通的網路瀏覽——她的意識沉淺於從未觸及過的深度，比平常都來得深。

或個容易瞭解的說法，那是只要稍有不慎，整個人可能都會被電腦給取代般，深層的領域。

不需要解釋，這都是為了京都連續攔路殺人事件的調查。

必要的情報和那些看似沒有關聯的資訊，不刻意做出區分，貪心的把它們全都搜集起來——以警方的搜查程序來說，這算是打聽情報的階段，但她目前算是個人獨立作業，規模大卻十分粗糙。

從這裡不難看出哀川潤的個性——但即使是她，也不可能只靠自己的力量完成調查工作。

潛入深深的海底，必須要能承受深度所帶來的壓力才行——

「還真是拚命啊，小潤！」

像這樣。

那位碧髮碧眼的少女一面說——一面揉著睡眼，走進室內。

玖渚友。

最上層的擁有者，也是這棟公寓的所有人，而哀川潤目前所使用的五臺電腦，也是歸她所有。

關於這位碧髮碧眼少女的說明，各式各樣的片段、事例以及她驚人地來歷，都和這次的故事和眼前的事件一點關係也沒有，所以，暫且不提。

只要知道她是超越一般常識的技術者，製造電腦硬體的天才就足夠了。

最多，再加上一樣。

她是就讀鹿鳴館大學一年級的戲言玩家**最好的朋友**——

「拚命？才沒有呢！不過啊，沒有成果耶！對於慷慨出借五臺電腦的妳有些不好意思——但我完全無法理解這個事件。」

哀川潤一面說著，終於停止了敲打鍵盤的「粗暴」動作。或許，玖渚友剛好在她正想要放棄的時候出現也說不定，因而成為了契機——她就這樣在沙發上躺下了。

「犯人是攔路殺人魔還是什麼的，我不知道，但總覺得他的目的又被另一個目的給掩蓋，行動原理有些矛盾，互相抵觸……卻也不像是單純隨機犯案啊！」

「對啊，人家也是這麼覺得。」

她一邊說著，在房裡左顧右盼的，接著找到了冷氣的遙控器。令人難以置信的是，哀川潤在這樣的密閉空間之中，並啟動了多臺高性能且體積龐大電腦，卻沒有調整房間的空調——熱氣聚集在室內，在電腦短路以前，人會先被熱昏的。不知道是不是字面上的意思，過於熱中，還是她本來就不在意這種事情。

不論如何，玖渚友對此毫無怨言，只是默默的操控著冷氣。看來，她也不是個正常人。

嗶！

溫度設定在二十度。
玖渚妹妹似乎對地球環境的保護沒興趣的樣子。
這是事實沒錯，但她的目光——全都被這凶殘的事件給吸引了。
越殘暴越好。
因此，對於京都連續攔路殺人事件的喜好和興趣，還是有一定的分寸。
「人家也稍微做了調查，但果然不是我的專業。如果是伊君的話，一定馬上能解決，還可以直接阻止犯人的惡行，不過，這樣好像就沒有樂趣了？」
「樂趣啊！」
哀川潤躺在沙發上回應。
「樂趣是重要的。」
「嗯，這是我的嗜好啊，嗜好的等級再高一點就是興趣。小潤，妳又是為了什麼呢？因為那個警察的委託嗎？」
「委託嗎？嗯，其實也無所謂，沒差啦！我也不太清楚。」
好像打算翻身似的，哀川潤在沙發上滾來滾去。
看起來十分懶散。
而實際上，完全就是懶散沒錯——在她所認定的朋友面前，無論是八年前還八年後，她都是這個樣子。
從不裝模作樣，也不會過分客氣。

「該怎麼說呢……」
哀川潤相當自在地說。
「他就好像在——**做自己喜歡的事**」
「唔咿？」
玖渚友不解地歪著頭。
「做自己喜歡的事？唔，嗯，這麼說也沒錯啦！但他是刻意要在如此情況下表明這件事嗎？」
「當然要重申啊！也就是說，做自己喜歡的事，在這種情況——並不是**為所欲為**的意思。」
做自己喜歡的事。
和為所欲為。
雖然有些類似——不過，在行動原理上卻很大的差異。
「總之，看起來像是毫無理由的殺人，實際上卻有明確的意圖——但或許對他本人來說，並不是如此。」
與本能無關。
是經過思考的行動。
哀川潤做出了判斷。
「非本能的行為——這是人類的事件啊！」

「人類。」
「所謂的理性或是理論，都要以人性為前提才行。無論確不確定，總之，絕對有具體的意圖，只不過，我還不知道那意圖是什麼——玖渚妹妹也是這麼想的吧？」「人家想知道的不是動機，而是那份瘋狂。說實話，他的意圖或是意志，我完全不在乎——要說在意的，應該是意識吧？如此一來，我就能將它換成機械語言。」
「哈，還真懂得活用耶！我最喜歡妳了！」
哀川潤站起身。
然後就這樣走向電腦，將主機給踢飛。
「妳在做什麼？！」
「沒有啊，想說把它踢飛之後，會不會就有答案了。」
「嗯？畫面變黑了。」
「妳到底用了多大的力啊！在鴉濡羽島事件後，我特別加強了構造上的強度，如此堅固的電腦，只受到一擊就變成黑幕！哇——壞掉了啦！製作時間一個月，崩壞只在一瞬間。」
「玖渚妹妹，不要那麼悲觀嘛！才壞了一臺啊，還有四臺是好的耶！」
「是妳過度樂觀啦！」
紅色和藍色。
快樂的兩個人。

◆　◆

一個小時後，兩個人坐在餐桌上。

整天都窗帘緊閉，整天都開著日光燈。對於想睡就睡，想起床再起床的玖渚友來說，其實也說不清楚這究竟是早餐還是午餐——她的人生排名，營養攝取排在很低的位置，會像這樣好好得吃飯，實在相當稀奇。

頂多是在有人拜訪的時候。

她是個一不注意，就有餓死的可能且相當危險的生命體。

「啊，可惡——沒有力氣，什麼都想不起來！」

順帶一提，因為把堅固的電腦給踢壞了，哀川潤現在正被處以歌德蘿莉之刑。

據喜愛角色扮演的玖渚友的說法（先不管歌德蘿莉的部分。）她如果沒有穿紅色，就只能發揮原來三分之一的力道。

畫面看起來十分好笑，但對哀川潤來說，根本就是一種極刑。餐桌上的料理全出自她的手，但菜色也只有原來的三分之一。

哀川潤穿上蘿莉裝的模樣（話說，這套歌德蘿莉裝是玖渚友的尺寸，因此穿在她的身上長度完全不合，這副光景更是罕見。），令玖渚友看得津津有味，她連拿筷子的方式都不管，開心不已的看著她。

「不要管不就好了？」
玖渚友笑眯眯地說。
「攔路殺人魔，玩夠了就會住手啦！」
「不要說得一副事不關己的樣子。」
「本來就與人家無關啊！就是因為無關我才會有興趣的。」
「說得也是。」
「人家怎樣都無所謂。」
「這也沒錯，但是——」
哀川潤似乎向一身的裝扮妥協了，放棄掙扎，開始將食物往嘴裡送，一個人自言自語著。
「——問題在於他的目的啊。」
「小潤每次都對於動機相當堅持呢！」
「嗯。」
她點頭。
「玖渚妹妹，這次的情況，不是動機而是目的——如果沒能弄清楚這個部分，也無法確定他是否會有玩夠了的那一天。」
哀川潤說。
「大部分的連環殺手。」

不論動機還是目的，絕對當不是能讓玖渚友感到好奇的對象，不過，做為整桌佳餚的回禮，以及歌德蘿莉裝扮的補償，她決定配合哀川潤繼續說下去。

「都會說自己是因為想要殺人所以殺人。不就是這麼一回事嗎？」

「想要殺人所以殺人。」

「做自己喜歡做的事——最後還是按照了自己的喜好啊！而且妳剛剛不是有說過嗎？好像是因為使命感，犯人才被當成過路殺人魔。妳是這個意思對吧？」

「嗯，差不多。解釋大部分都正確——不過啊，玖渚妹妹，說明白一點。」

哀川潤停頓了一拍的時間。

「殺人也沒有意義啊！」

她說。

「他卻殺了十二個人。殺那麼多人要幹麼？也有人說是為了搶劫錢包，但如果真是如此，報酬率實在也太低了吧？」

「所以就是為了想要殺人而殺人啊！不是嗎？」

「玖渚妹妹能夠認同那句話嗎？」

「可以啊！那種人很多喔！人家蒐集到的事件當中，大部分的犯人都是這樣。」

她笑著。

「那種事件的犯人——不管是殺人犯，還是殺人鬼，而他們這些人幾乎都沒有自己是犯罪者的自覺。」

「犯罪者的自覺？那是什麼意思？」

「也就是說，他們並不覺得自己有什麼錯。」

口中說出的臺詞是那樣的諷刺且嚴肅，她的臉上卻帶著可愛的笑臉——玖渚友看起來很開心地說。

「一點都不覺得喔！妳說，人類的自我肯定力是不是很誇張？即使有犯罪意識，也不代表有罪惡感。」

「那是一種微妙的感覺啊，如果拘泥於字面上的意思很容易引起誤會。總之，妳的意思是說，罪犯即使有犯罪的自覺，卻不認為自己做錯了什麼事，對嗎？」

「沒錯，**只是沒遵守規則**而已啊——甚至認為一切都是規則錯。還不是因為一些失誤、問題或社會基準，自己才會被定義成犯罪者——這絕不表示自己是一個壞人。他們的心態就是如此，而且深信不疑。」

犯罪的規模越大。

罪惡感也就越少。

玖渚友試圖整理了一下——平時就蒐集了很多凶惡案，她稚氣且不成熟的口吻，件的資料，因此很意外的具有說服力。

或許是衣服顏色的關係，哀川潤好像不打算與那說服力對抗，她說。

「要能承認自己的惡，確實相當困難。」

看似附和了玖渚友的意見。

「任誰都覺得別人比較可愛——但其中，卻有幫自己取名叫做最惡的笨蛋，那可以說是例外中的例外，那又成另一種例外……不，好像不太對！」

「欸？那裡不對？」

「沒有，是那個笨蛋的事啦。就因為不知道自己是誰，所以才會以最惡這個名字自居——嗯。如果是這樣，那過路殺人魔說不定是在探索自我喔！」

「動機是自我探索？確實很像現代人會做的事。」

「玖渚妹妹不喜歡嗎？」

「我比較喜歡傳統。不論是推理或是愛情喜劇。」

呀哈哈！玖渚友笑得很大聲——聽她的語氣，感覺只是故意的嘲諷。

因此，哀川潤也沒特別理會。

「動機應該就是這個沒錯。」

然後接著說。

「自我探索。沒錯！如果真是如此，接下來的問題重點——就是目的了。」

「小潤給人的評價總是很高耶！雖然不到過度評價的程度，但大部分的人類幾乎都沒有什麼目標意識，全憑自己的心情，隨便過日子。即使是受訪的名人，被問到『為什麼會選擇現在的職業？』這個問題，也沒幾個人能說出個所以然，就這樣渾渾噩噩的活到現在，任誰都是一樣的。」

「是啊。我何嘗不是如此，而玖渚妹妹也是吧？這就叫做為所欲為——而不是做自己喜灣的事。」
「嗯嗯。」
「好像鑽進死巷裡去了。玖渚妹妹啊，這個角色扮演的處罰會不會太重啦？我好不容易把所有的情報全都塞進腦袋裡，現在大腦卻無法轉動。差不多可以換下來了吧？」
「反向思考呢？」
理所當然地無視哀川潤的陳情，難以捉摸的玖渚友又提出了新的建議。
「啊？反向？」
「嗯。反向思考，用完全相反的角度，像是哥白尼革命那樣，一百八十度轉彎。」
「話題確實一百八十度改變了沒錯啦——但妳到底是什麼意思？」
「也就是說，先別管動機和目的……總之，管他為什麼殺人，想想他**不殺人的理由**怎麼樣？」
「不對啊……他有殺人啊！都十二個人了，確確實實的一打。」
「但是，還有五十九億九千九百九十九萬九千九百八十八人啊！」
玖渚友並不是在講電腦的事。
「殺了一個人，就代表放過其他剩下的人——沒錯吧？」
「……還真是正面啊。」
「嗯，很勉強的正面思考。犯人為什麼殺了那十二個人，卻沒有殺其他人呢？如果把它當成連續殺人事件，妳不覺得這是個不容忽視的關鍵嗎？」

「妳是說，他其實有選擇的？」

哀川潤似乎沒有這麼想過，她停下筷子。不過，如此動作應該是對於那不合理的預測最適切的回應。

「真不像妳耶！雖然不是妳的專業，但妳應該查過這十二名被害人的資料吧？他們男女老幼毫無區別，零零散散地找不到任何共通點——根本就是隨機尋找被害者。沒有任何缺少的環節，就如同字面上的意思，無差別殺人。我並不覺得這十二人與其他五十九億人有什麼明顯的差別。」

「嗯。人家基本上也是這麼想。只不過，怎麼說呢，好比第四個案例，案發現場在高都大學的的教室裡，當時有目擊者對吧？」

「有。嗯？好像是大學的教授還是助教授的樣子吧？名字我似乎有聽過——那位目擊者很重要嗎？」

「不，目擊者是誰無所謂，她的名字也不重點。問題在於，他為什麼沒有殺那位目擊者呢？」

「殺目擊者——」

「從犯人的角度來看，要殺目擊者何其容易，他**卻刻意留下了活口**。」

沒有動手。

留下目擊者——動機。

他的目的。

理由。

「……因為不是目標，所以才放過目擊者……？不，應該不是這樣吧？如此一來事件的無差別性質便不成立，轉變為對於特定目標的殺害事件——不可能。」

真的不可能嗎？

這麼想是正確的嗎？

哀川潤小聲地反問自己。

她的意識完全從餐桌和身上的裝扮脫離。

「不殺害目擊者的理由——對象的差別？殺與不殺的理由——不是殺人的理由而是不殺人的理由——嗎？」

「妳有想到什麼嗎？」

「沒有，但確實是一條不錯的線索。推論大部份都正確吧？不過問題是與終點的距離——在我們思考的同時，被害者只會不斷地增加。」

「被害者越多，提示也就越多。」

「呵呵呵。這可不是人類的想法喔！玖渚妹妹。」

「小潤是人類。和人家身處的世界不同。」

對了對了，玖渚說。

接著啪的一聲，故意拍著自己的大腿。

「啊—沒錯，阿伊啦！」

「啊？小哥？那個淘氣的戲言玩家怎麼了？」

「我不小心忘了啦！阿伊之前跟我說，他和京都連續攔路殺人事件的犯人成為朋友了。」

「…………」

沉默了一會兒，哀川潤笑了。

不懷好意地笑著。

「玖渚妹妹竟然會不小心？忘了？」

「嗯嗯，人家最近記憶力比較差。」

「少來了！不過，那小子仍舊過著奇妙的人生啊！我和妳費盡千辛萬苦想破頭的事，他憑感覺就能有如此進展，到底是怎樣的人生啊！」

「真的，完全就是個瘋子。」

「是啊，瘋子。極度的瘋狂。然後呢？小哥有說什麼嗎？他的朋友是個怎樣的人？」

「細節我還沒問，好像是因為某些交易吧？還是什麼？我也忘了。總之，阿伊用了某件與京都連續攔路殺人事件無關的殺人事件情報做為籌碼，要那位朋友教他一些東西。」

「是喔。」

哀川潤的眼神發亮。

這是在她起壞心眼的時候會出現的外顯徵兆。

「說不定——那就是最後一片拼圖啊！」

「唔咿？」

「好，玖渚妹妹，那就拜託妳了——讓我加入那個交易吧！其他殺人事件的情報資料，我會再交給小哥，如此一來，我也可以請他告訴我吧？過路殺人魔，殺人犯——殺人鬼的情報。」

「如果妳有從阿伊口中問出真相的自信，當然可以。」

「我就問出來給你看。色誘他好了。」

「那妳就直接穿這樣去吧！阿伊一定非常喜歡。」

「嗯——」

哀川潤雙手抱胸，想了一下。

「還是算了。」

聳聳肩說。

原來哀川潤也是會猶豫的啊！

◆　◆

接下來，本案將一口氣走向尾聲——這個說法，在某程度上是正確的，另一方面卻也不正確。

哀川潤會因為從戲言玩家口中打聽出來的情報，順利地做出最終的推理。不過，就算推理是正確的，也改變不了事件早已了結的事實。

先不論殺人鬼。

他卸下了——過路殺人魔的身分。

在出現十二名被害者之後——十二個人體無完膚地遭到肢解，事件隨即宣告結束，一切恢復平靜。

哀川潤連登場的機會都沒有。

「該怎麼說呢，我是想我太晚出場了。」

八年後，哀川潤向委託人佐佐沙咲這麼說。

「推理小說中不是很常出現嗎——名偵探的矛盾點，解決對策的部分。名偵探必須是爆炸性的究極存在——即使失誤，還是得站在與犯人對等的位置，關於這類的思考。非單一的連續故事中，名偵探若是系列的中心人物，就必定會出現的矛盾——即使**人在現場卻還是會出現被害者**。由此能看出，名偵探並**不能制止犯罪的發生**。在結構上，只要是犯罪事件，想要靠推理預防犯罪，幾乎是不可能的——偶爾會有名偵探事先阻止犯罪行為發生的情節，但依舊免不了未遂和預謀的罪狀。然而，名偵探如果真那麼優秀，為什麼只能在事後補救呢——於是，推理作家們想出了一種手法——**在事件結束以前，絕不讓名偵探登場**。如此一來，就不用擔心名偵探會被當做無能的存在——而**人在現場卻還是出現被害者**的部分就是名偵探的不在場證明。當然，這個手法有個嚴重的缺點——若是採用這種解決對策，身為主角的名偵探，他的出場時機便會越來越晚，登場時間也就越來越少。對此，讀者的評價一定不會好到哪裡去。不過現在說這些也於事無補——只是，如此的架構和當時的情況剛好能夠呼應。在我插手的時候，事件早已結束了。說的明白點，即使我沒有接受妳的委託，事實也不會有任何改變——就是這樣。」

總不可能要我置之不理吧？

不論做什麼都不可讓那些被害者死而復生，也無法為他們申冤——但自己也無法完全置身事外。

她是這個意思。

因此，八年前的哀川潤，為了解決那已經完結的事件——為了解決那已經解決的事件。

一如往常的。

一頭栽了進去。

而這個表現，並不是指她不顧一切地展開行動——具體來說，那幾乎等於什麼也沒做。

只是在京都街頭，毫無目的地四處徘徊了幾天而已。

殺人犯、殺人鬼、過路殺人魔。

甚至沒有去找尋，從戲言玩家口中所打聽出來的名字——零崎人識。

換句話說，並沒有刻意採取行動的必要。

沒有找尋的必要。

什麼都不必做——對方一定會主動出現在哀川潤面前。

只要她的推理是正確的。

「——真是傑作！」

就在她走在五條大橋的時候。

那句話傳到哀川潤的耳邊——或許還太早，其實沒有人能夠確定。但可能幾乎同時吧——哀川潤被突然從路上衝出來的機車給撞飛。

「！」

側面承受撞擊，離開地面的哀川潤，飛過了護欄，再以華麗的螺旋迴轉，從橋上落下——機車緊接在後。

哀川潤與機車。

還有機車騎士——臉上有刺青的少年，也就是零崎人識，全都遵循萬有引力的法則，在空中與車體分離，深深墜入鴨川之中。

無論是名偵探還是殺人鬼，都無法抵抗大自然的法則——沒有人目擊那壯烈的水花，只是因為當下的時間點。

連續攔路殺人魔所帶來的恐懼，在被害者超過兩位數之後，已在京都市民心中留下了陰影——再也沒有人敢在夜半時分，沿著漆黑一片的鴨川散步了。

「嗚哇！」

最先將浮出水面的，是零崎人識——全身溼透的他，連貼在臉上的頭髮都來不及撥開。

「呿！是駕駛失誤啊——本來只想要從一旁經過的！」

說完，東張西望的朝著周圍的寂靜看去。

「如果被摩托車壓死了怎麼辦——那不就沒有意義了嗎？啊啊，那摩托車也不知道跑哪裡去了——難不成要我在黑暗中如同掏金客般，在河底打撈嗎——」

「沒有那個必要。」

毫不隱瞞心中的憤怒，從粗暴濺起水花的人識身後，有人說話了——嚇一跳的他趕緊轉過身，那裡站著一位即使在黑暗之中也能清楚辨識的紅衣女子，身材細長的她，佇立在鴨川的川流之中。

明明才被機車壓在水裡，她卻一點是也沒有。

紅色的布料吸水，顏色變得更深了。

「零崎小弟。」

「……欸？」

零崎他——

面對在水中屹立不搖的哀川潤，他露出了要笑不笑的表情。

理所當然的反應——在哀川潤面前，大部分的人都是這樣，不過，他的情況卻不同。那個表情似乎帶著正面積極的意味。

看起來好像很開心。

那**微笑所帶來的印象**。

與哀川潤推理——一致。

「妳怎麼——還活著啊？」

「啊？這是當然的啊！生物當然是活著的。」

「啊哈哈——說的沒錯。但如果要這麼說。」

說完。

零崎人識從胸口拿出了一把刀。即使在如此的闇夜之中，仍閃耀著鋒利的光芒。

「生物死去，也是理所當然的。」

「哈，這就很難說了，說不定我是不死之身啊！」

「……妳到底是何方神聖，怎麼會知道我的名字呢？」

「這。」

「是『殺之名』排行的人嗎？」

「哈，才不是呢！專業的戰鬥人員與我無關。我只是善良的小市民，雖然還沒有遷戶口——但就是熱愛京都的一個普通人。」

「啊？」

「零崎小弟，你。」

唰的一聲——哀川潤從水中踢了一腳。

零崎試圖閃躲——他一定認為自己能夠躲過，沒想到卻來不及，動都不能動的，任憑高跟鞋的尖端在自己的心窩上炸裂。

他弱小的身軀，無法抵擋的向後飛去——就這樣撞進川流之中。

「與普通人戰鬥，卻輸給普通人。」

「……開什麼玩笑。」

雖然沒來得及減緩衝擊，力道因川水得到緩衝。零崎立刻站起身，確實造成了傷害，但他臉上的笑容卻沒有改變。

不止如此。

他好像——更開心了。

「勝負都無所謂，根本還沒開始呢——還沒開始。怎麼可能就這樣結束呢？我還沒將妳——殺死、肢解、排列、對齊、示眾啊。」

「不，已經，結束了。」
哀川潤尖銳地說。
冷酷地好像使水面瞬間凍結。
「已經結束了喔——你和連續攔路殺人魔都是。」
「……什麼意思？」
不要一副什麼都知道的樣子。零崎心想。
無聲無息地，他再度拿出了另一把刀。
「妳這個紅衣女，到底瞭解我什麼？」
「誰瞭解你啊？沒有人瞭解你啊？**就連你自己也是，自我探索君！**」
「…………」
「而我真正想要知道的，是你的目的——殺了十二個人的目的。動機什麼的，其實無所謂。無差別殺人，根本不需要動機。不，角色扮演女說的沒錯——殺人的動機不重要，重要的是不殺人的動機。」
哀川潤繼續說明下去。
「不是殺人的理由——或許應該早點考慮到**放手**的理由才是。」
「……哈。」
啊哈哈。
零崎人識——笑得好大聲。

「什麼嘛，都被看穿了啊！」
「事件的異常性、殘虐性、凶惡性——將這些性質全都除去之後思考就不難瞭解了。誰能想得到會是如此單純的案件呢？如果，零崎小弟，你只是個單純的殺人鬼——根本沒有執著於將被害者分屍的必要。拿刀一刺，人就死了。不論刺入的位置是心臟、頭部、大腿都會因為失血過多而死。但你卻沒有這麼做——將那十二人，足足十二人肢解至近乎不可能地最小單位，因數分解也不是這麼算的——」

解體。

分屍。

腐爛。

「比方說，我那名字怪異的刑警朋友——那傢伙因為不瞭解遙控器為什麼能把電視打開，所以無法使用遙控器——不懂得運作的原理，不知道分解了幾臺電腦。只要不能理解就不接受，一個不能原諒黑盒子存在的女人。」
「…………」
「比方說，我朋友的朋友，被稱作害惡細菌的破壞者——你的解體與他的破壞其實有異曲同工之妙。我自己是屬於用腳踹來修理舊電視的類型——而你則是將**壞掉的東西支離破碎的分解**，再仔細找尋原因的那種吧？」

以這個視角來看，你可比我認真多了！哀川潤說。

「這部分我總是隨便帶過，管他故障的原因是什麼，不需要遙控器也能打開電視啊！」

「……故障的，原因。」

是哀川潤的比喻太奇怪了嗎——還是太過貼切，完全正中紅心呢？零崎人識沒能點頭，只是不停重複那句話。

「沒錯。」

她斷言。

如同推理小說裡的名偵探——直接做出了結論。

「你的目的，就只是**解剖學**。你只是想——研究人類而已。人類的構造調查。殺與不殺，死或不死，那些都不是重點——如果能夠部曲人性命的活體解剖，你應該也會這麼做。死亡是結果，被殺害是結果，但你本來就不是想要殺害他人，或是致人於死，不過是想分解罷了。」

「…………」

「殺人鬼，你的目的——就是人類研究。」

殺人鬼的殺人。

從不需要任何動機。

基本上，說簡單一點——就因為是殺人鬼，所以殺了人。

但這次他所殺害的十二人，卻超越了殺人鬼的領域——做出了殺人鬼以上的舉動。

「哈，怎麼會為了如此正當的目的啊——人類是什麼？人類到底是怎樣的生物？並不是為了自我探索，只要是國中生都會這種煩惱啊！實在普通到不能再普通了。當然，你不只是為了種普通——採取行動。」

那就是——解剖學。

並非殺人後順便解剖。

而是為了解剖——而殺人。

殺死、肢解、排列、對齊——

示眾。

「……嚴格來說，有一點不同。」

思考了一陣子——零崎人識終於開口了。

「我是在找心這個傢伙。」

「…………」

「不是人體，我對人心比較有興趣。我拚命的想要找尋心這種器官，它到底在人體的哪個部位——以你所說的解剖學啊！」

我不覺得自己是一個人類。

我是鬼。

然而，人和鬼之間的差別到底在哪裡？

我和人類哪裡不一樣？

殺人鬼和殺人犯有什麼不同嗎？

「會不會是因為心這個傢伙呢——人類有，而殺人鬼沒有。差別就在這裡吧？我想，這就是不同點。」

「……原來如此，真是卓越的見解。」

「沒錯吧！但是，不論我怎麼找也找不到那個器官。大腦和心臟裡都沒有——到目前為止。」

「目前為止？」

「啊啊，說不定只是我漏掉了啊！它可能就在某個地方。應該說，確定存在吧？或許我所殺害的那十二個人剛好沒有啊——十二個人了，卻還是弄不清楚。」

還是不明白啊！

零崎像是在強調似的——不停重複。

可能是在說給自己聽的吧——故意的強迫自己雙眼，盡可能的避開所謂的現實。

那種態度。

使得哀川潤確定了自己的推理正確——不。

她從一開始就很有信心。

一旦瞭解了，一切也都很明白。

「算了啦，反正妳都已經知道了。」

因此。

哀川潤說道。

「你不是已經網羅了大部分的人類嗎？」

「……啊啊？這是什麼意思？」

零崎看似驚訝的眯起眼睛。

那只是他自我欺騙的演技而已。

「不是嘛——人類具有一定的行為模式啊！血型測驗之類的書，不都很常出現這樣的文字嗎？『基於血型，人類只有四種類別。』——原來如此！一瞬間，會有被說服的感覺。不過，那完全沒有根據，而人類怎麼可能只有四種類別呢？」

「…………」

「人類或許只能分為四種，也可能是三種，更可能只有兩種、一種——沒錯吧？」

哀川潤語氣尖銳。

這並不是單純的文字排列。

而是在逼迫零崎人識——也就是犯人就範。

為了引導出最後決定性地證據。

「先不論血型這類以生理為主的部分，你在找的是什麼，心嗎？那就要以精神面做為考量啊——現實中的人類，根據目前精神醫學的研究，可是分為十二個種類啊！」

「十二個——種類。」

「如果精神醫學一詞你嫌囉唆，那也可換個說法——心理學。」
心理學。
心理的——學問。
「短期集中型、自我尊重型——剩下的請去翻閱專業書籍。我並不是那麼博學的人。總之，就是有十二種——比以前增加了一些，八年後或許會減少也說不定。不是有人說，人類會越趨單一化嗎？而目前，就是分為十二種。所以啊！」
停了一會兒。
哀川潤到這個時候，才用手指著零崎人識，然後說。
「你已經網羅了這**十二種類型的人類**——全都解剖結束。」
「……結束了——」
解剖結束。
解剖然後結束了。
「說實話，不可思議的是你啊——所說是**無差別殺人但也太沒有差別了吧**？真是匪夷所思。即使將被害人名單一字排開，也看不出一點關聯性——但仔細想想，這也是理所當的。」
「一點……也不奇怪**啊！**就是因為無差別，所以才找不到共通點。」
「沒有才是最稀奇的。十二人排在一起，卻完全沒有共通點。人類，如果沒有共通的話題，是無法相處的。即使隨機找了三個人——他們當然有可能毫無共通點，但大部份的情況，一定有什麼東西能將他們牽連在一起——不過，三個人也就算了，十二個人耶！十二個人卻沒有一點關聯性，這已經不能用不可思議來形容了，根本就凌駕於奇妙的範疇之上。」

不論男女老幼。

毫無差別。

難以區分，毫無差別——不過。

這——實在**太完美**了。

無法區別——這時候，只能推測這是經過整理規劃的。

「雖然有些不好意思，但如果要我說句關鍵性的臺詞——**沒有共通點就是共通點**。你是區分被害者的類型，雖然毫無差別，卻有選擇——而且是用刪去法。」

所謂的刪去法，只是普通名偵探的手法——哀川潤輕蔑的笑著。

那不是自虐的笑容。

甚至帶著一絲自傲的意味。

「**殺害過的類別，你就不再動手了**——你的行為雖像是過路殺人魔，卻避免重複性。那是當然的啊！已經解剖過了一次——就沒有再動手的理由。」

「…………」

「這和酷卡的蒐集一樣啊！重複就沒有意義了。如此一來，也能解釋過去十二次的犯案，即使出現了目擊者，你也不為所動，並沒有殺人滅口的原因——身為殺人鬼的你，沒理由不連目擊者一起殺害啊！但你卻沒有這麼做。為什麼？為什麼？怎麼想也只能判斷，或許是目擊者與被害者的類型重複了。」

角色重複了。

雖然這個說法不太謹慎——不過，沒有比這更好的比喻。

她直言不諱的程度，令零崎人識啞口無言，而哀川潤她。

「角色重複了——這就是你沒有殺害目擊者的原因也是動機。比方說，第四次的犯案，你在大白天的高都大學行凶。這裡就相當明顯，你為什麼沒有順便除掉那位目擊者呢——你為什麼會放過她呢？」

不是殺人的理由。

而是不殺人的原因。

以結果來說，並不是無差別殺人——

而是意圖性的無差別殺人。

看似無差別的——選擇。

「答案很簡單。**第四位被殺害的是高都大學的教授**——而目擊者則是助教授。雖然多了「助「這個字，但他們都是走過同樣的象牙塔，同一個屬性，同種類型的角色啊——因此沒有解剖的必要。那張卡片，你已經蒐集到了。」

因此——放了她一條生路。

這就是目擊者・木賀峰約沒有遭到殺害的原因。

哀川潤是不可能知道的，那紀念性的第一次解體殺人，當時的目擊者江本智惠也是因為同樣的原因而逃過一劫——

零崎人識，判斷她與第一被害者是同一種屬性。

對人識來說，解體——並沒有意義。

殺人鬼・零崎人識認為江本和木賀峰很『稀奇』——而感到『震驚』。但那其實並不是因為，殺人現場被目擊這件事本身很稀奇，所以才感到震驚——

而是對於一**再抽到重複角色卡的不幸運感到稀奇且震驚**。

尤其是江本，第一張卡片竟然與第二張一模一樣——以機率來說，確實相當稀奇。

換句話說——如果江本那天早點離開學校且抄了同樣的近路回家——第一被害者或許就是她也說不定。

另一方面——若不是因為淺野美衣子的巡邏奏效，七七見奈波才免於慘死刀下，但毋庸置疑的，下一位受害者肯定是與七七見同屬性的人。

當然，不一定是腐女。

不是腐女的可能性應該比較大。

與她**本質相仿**——才是**不得不殺**的理由。

所謂的角色重複，就是這個意思。

而與零崎人識在新京極相遇的佐佐沙咲，她沒被殺害的理由——說起那個動機，還是因為之前的八人之中，已經有與她相同的角色了。

角色卡的重複。

毫無意義。

運氣不佳的嘆息。

不順遂的證據。

「雖然是連續殺人，殺人的速度卻越來越慢，這也是令人在意的部分——但後來回想，這也是理所當然的。殺的人越多，蒐集到的類型也越多——若想蒐集到一整組的卡片，難度只會越來越高而已。」

「…………」

「不過，你已經成功蒐集到十二種人類。人類卡已經齊全了——收集完成。」

恭喜你。

哀川潤——挖苦地說。

因此。

「你的解剖學已經結束了，但你自己卻沒發現，還在尋找那第十三張卡片，在京都各處徘徊——」

「結束了——」

「沒錯，人識君。」

啪沙！

在川流之中前進了一步。

哀川潤靜靜地說。

「你已經結束了。」

「……妳就是為了告訴我這些才來的嗎？宣告故事結束的人——妳以為妳是名偵探啊？」

「沒錯，而你是犯人。」

「啊哈哈！」

這樣啊這樣啊！零崎搖動著自己的肩膀。那是他打從心底嘲笑自己目前的情況，所陷入的窘境時會做出的舉動。

「今天是最後一集啊！」

一邊說——他將手中的刀，左右交換了位置。

「真是不爽快——沒臉面對哥哥了。本來還想說，如果找到了心，要拿去展示給哥哥看的——那個嚮往普通的笨蛋哥哥。」

「……先不要那麼急著下定論嘛！你不是還剩下最後一個機會嗎？」

「啊？」

哀川潤引以為傲的說。

好像在炫耀什麼似的——

「**我就是那第十三人。**」

這是宣言。

也是公告。

以及——最後通牒。

「你回想一下啊——你為什麼會騎車撞我呢？不是因為你想要肢解我嗎？選擇的眼光——確實不差啊！」

「…………」

「我就是那光榮的第十三種人類，以那樣的基本概念，經三位瘋狂科學家之手而創造出來的。我與你之前殺害的十二個人，角色完全不會重複——因為，我是新人類。**就是這樣被創造出來的**——我可是獨一無二的存在喔！」

所以。

你才會對我產生興趣不是嗎？

哀川潤——相當開心地說。

「我知道失去目標的你，一定會主動來找我——因此，我才會像這樣到處閑晃，等你接近。我以自己當作誘餌，引誘你上鉤。已經收集完十二張卡片的你，目前的目標，只有我了。沒想到你會用機車把我撞飛就是了——只有我這不會重複的稀有卡片，才是你現在的目標！」

「…………」

「因此，我決定給你機會喔，殺人鬼！這是殺了我——將我肢解的大好機會喔！」

一邊說，哀川潤比起了大拇指。

故作瀟灑。

好像看破了一切似的——坦蕩。

「推理小說裡的真相大白的橋段啊——名偵探都會單方面的為罪人定罪。你不覺得那是一種動用私刑的行為嗎？藉著正義之名，霸道的對邪惡做出制裁——我不會做這種事。犯人也是有反擊的機會的。就讓我們堂堂正正，光明正大的戰鬥吧！」

哀川潤向零崎招手。

「來吧！零崎小弟。你就試著殺了我，然後肢解、排列、對齊、示眾看看啊——再徹底的搜索，能不能在我身上找到你所追求的人心啊！」

像是在挑釁——

對於哀川潤語帶誘惑的勾引。

「什麼意思啊！」

像這樣。

零崎像是在鬧脾氣似的碎念著。

「根本——就把我當白痴！」

「我並沒有把你當白痴，只是在開你玩笑而已。本來想要放過你的，但我也是受人之託——我完全可以裝作沒看到的，但身為一個承包人，做事要有始有終啊！」

「還真有自信啊！手上明明沒有武器。」

「你才在害怕吧？欸，是男孩子嗎？你可以趕快逃走沒關係啊！」

「啊哈哈！很遺憾的，打從我出生就沒有逃跑過。」
「這樣啊，那麼，就開」
始吧！
哀川潤沒能把話說完。
零崎人識絲毫沒有濺起一點水花——像是在水面上滑行似的，一口氣衝到她的面前，揮動左手的刀。
她的瀏海散落。
刀尖再她紅色的瞳孔前通過，距離不到一公分——如果被氣勢給壓倒，或是眨了一下眼睛，她的臉絕對會被撕爛。
這就是。
能殺害十二個人於無形並且讓屍體支離破碎——零崎人識的精湛刀法。
話雖如此，哀川潤當然也不是毫無動作。
在刀尖劃過的瞬間，她已相當驚險地移動了上半身——哀川潤躲過了零崎人識的攻擊。
「哈！」
然後笑了。
哀川潤放肆的大笑。
「嗚哇哈哈哈哈哈哈哈哈哈哈哈哈哈！」

像是一個人類。

打從心底的——大笑。

「不過啊，零崎小弟！」

她採取備戰狀態。

目前呈現正面對峙的情況，而一見面就被機車給撞飛——在躲過對手的一技攻擊後，哀川潤才終於進入了備戰狀態。

「沒用的——就算把整個人都翻過來，也不可能找到心這種器官的！收回剛才所說的話，不論是我還是你，我們的身體裡面都沒有那種東西！」

「啊啊？妳說什麼！」

口氣相當激昂——哀川潤的話好像完全否定了自己到目前為止，身為過路殺人魔的所作所為。

零崎人識很反常地發出怒吼。

聽起來像是悲鳴。

「別開玩笑了！心那傢伙究竟在哪裡啊？」

「這還用說嗎？」

哀川潤她。

露出了得意的微笑——回答他的問題。

「心，當然在我們每個人心中啊！」

◆　◆

結果。

這場在不久後展開的戰鬥，哀川潤居然讓零崎人識給逃脫了——或者應該說，他輕易的收回自己先前所說的話，零崎像是切換了另一個開關似的，自己逃走了。

切換了開關。

那或許是相當自然的。

哀川潤那怎麼聽都像是在開玩笑，如同文字遊戲般的回答，他認真地接受了——那樣無聊的戲言，說不定就是他所追求的答案啊！

以零崎人識的個性來說。

那是十分有可能的。

因此，當晚。

那個時候——京都連續攔路殺人魔事件，也就正式宣告結束。令京都市民陷入恐慌的無差別殺人，被害人在達到十二人後，就沒有再增加了。

網羅了十二種角色，以及在無法將那第十三張卡片，哀川潤肢解的情況下——零崎人識不得不結束這個遊戲。

不論如何——不管喜歡或不喜歡，這個事件都必須得結束。

本來就已經結束的事件——就此真正的了結。

基本上，即使零崎人識找到了答案，但他身為殺人鬼的事實也不會改變——而他至今殺了不少人，相信接下來一定也是一樣。

這次的十二個人，並沒有什麼特別的。

極為普通。

就只是普通人。

對於零崎人識來說，只是無法理解的黑盒子而已。

不過，就因為如此，就因為如此。

找尋人心，零崎人識的京都之旅——同樣地結束了。

那是。

五月二十一號，星期六。

最終章

「無結局」

◆　◆

鈴無音音是位出家人。

約莫十八年前——一次微小的大戰，身為普通人的她卻無以挽回的深陷其中，找不到脫離普通人立場的時機，就這樣無奈地承受一切，直到戰爭結束。她再也不願意想起任何與那時候相關的事，從此以後，便盡可能地與世俗斷絕聯絡。

她就是從那時候開始，與世隔絕。

拒絕過往的隔絕。

完全的隱居深山，幾乎不曾離開過，渡過——在她自己看來，剩餘的人生。

避免與任何事件相關。

避免與任何事件接觸。

當不成被害者還是犯人還是助手還是目擊者，又或是名偵探——

與其說是個人，還不如說是無人。

在山林間生活。

話雖這麼說，她並沒有因此遠離文明——隱居京都東方的比叡山，有人戲稱她是愛說教的破戒僧，但她其實不算是寺廟裡的僧侶。

雖說是出家人，她也不到餐松啖柏的程度，能完全拋下塵世。

她只是借住在比叡山延曆寺旁的禮品店裡工作。

十八年來一直都是如此。

日復一日與觀光客為伍的生活絕對稱不上有趣，卻也不討厭——她只是很普通的，以她所謂普通的方式過日子。

與異常。

及非日常毫無關聯。

日常生活。

極為普通的過著那合理且常見的日常生活。

只有一點，她下定決心，絕不重蹈覆轍——她決心不再成為任何一個故事的登場人物——

「真是傑作！」

因此，在那一天。

那位長髮的客人造訪鈴無所工作的禮品店的時候，她也和平常一樣，沒有多餘的想法，不為所動。

即使看到他臉上那令人害怕的刺青。

與普通年輕人極為不同的服裝打扮。

她也沒有任何的感想。

青年嘴裡唸著「傑作！真是傑作！」，看起來像是個十多歲的孩子，開心地挑選著鑰匙圈。

好像是在為自己的弟弟妹妹選禮物一樣。

在這間店的十八年間，鈴無看過各式各樣的人，然而她的眼神之所以會停留在那位青年的身上，都是因為她從未看過這種類型的人。

（……曾經聽人說過，人類好像可以分為八種，還是十二種類型……）

（他卻不像任何一種。）

鈴無心想。

雖然沒有什麼像是感想的感想。

但——

（……啊！原來如此。）

（不是從未看過。）

（和那個孩子——好像啊！）

不經意想起了他。

雖然不同但十分相似——鈴無為數不多的朋友中的一人。

難怪——

無法分進任何一種類型之中。

鈴無還在想著，突然。

「姊姊，幫我結帳吧！」

青年不知在什麼時候挑選完畢，拿著三個鑰匙圈，放在結帳櫃檯上——他是什麼時候靠近的？甚至連他什麼時候開口說話的，鈴無也不太清楚。

如同妖怪一般的人。

她心想。

與戲言玩家初次見面的時候也是一樣——又或者是十八年前所遇到的那些形形色色的對象，也都是如此。

好久不見的感覺。

鈴無平靜地反應，同樣使那個人有些驚訝。

原來如此。

自己已經比想像中——拋棄了塵世。

「九百九十元。」

她說。

「啊哈哈！」

然後，那位青年笑了。

「大家都說數字不會說謊——但虛數也算數字沒錯吧？這麼說來，數字有時候還是會有所隱瞞啊！」

「…………？」

「姊姊啊！」

青年拿出一張千元鈔。

「妳有殺過人嗎？」

「啊？」

「我有喔！」

顏面刺青少年——帶著滿臉的笑意說著。

「我其實也不是因為多想殺人所以才這麼做的——只是為了找一樣東西。我想知道人心究竟在哪裡——瞭解它的所在位置，我才能裝在自己身上，也可以直接移植過來！」

「…………」

「說實話，現在回想起來——殺害那**第七個**有瑕疵的複製品，實在是虧大了！對我來說可是個失敗啊！雖然沒有人目擊殺人現場，但從此之後就被厄運給纏上了。我的問題與第十三人哀川潤無關，而是沒能殺了那**第七人**——戲言玩家。早知道不應該輕忽七這個數字的。算了，都已經八年前的事了，現在說什麼都沒用——疑惑本源於心。很多人不都這麼說嗎？不過，事實上啊！」

「那個……」

她神色不耐地回答。

有時候也會出現像這樣莫名其妙的客人。

「你可能找錯地方了！這裡沒辦法幫你解惑。」

「欸？真的嗎？」

青年露出了相當意外的表情。

絲毫沒有隱瞞自己驚訝的心情。

「這裡是比叡山吧？不是供人懺悔的地方嗎？」

「本店只有販賣禮品。」

更何況，寺廟本來就沒有供人懺悔。

又不是教會。

「嗚哇！那可真是丟臉。這麼說來，我不就像是個和高大帥氣的姊姊搭訕的傢伙嗎？還是個勇敢無懼的傢伙耶！」

「…………」

面對認真抱頭懺悔的年輕人，鈴無以沉默代替回答。以愛說教聞名的她，卻不是一個會對陌生人提出指點的好心人。

「啊啊。總覺得好不暢快啊——算了，大部分推理小說的結尾也都是這樣。」

「推理小說？」

「喔喔！推理小說啊，在抓到犯人，破解謎題之後就結束了不是嗎？既不是幸福快樂的結尾，也沒有一家團聚，就這樣告一段落。但現實卻不一樣——在解決之後，依舊無法結束，又或者應該說，一切就從這裡開始——」

所謂的事件啊！

在絕對現實的傢伙面前——一點意義也沒有的！

「這麼說來，名偵探還真是奸詐。本著渡假一般的心情加入殺人事件——對犯人來說，可是攸關自己的人生的大事啊！不對，說不定故事的主角其實不是偵探而是犯人囉？」

「若說到開始或是結束。」

交回十元的零錢。

鈴無隨口回答——絕對不是說教，只是普通的感想。

「在你殺人的同時，一切就已經結束了——無論你往後的人生要如何渡過。」

「這樣啊！」

青年笑了。

「確實結束了沒錯！」

「你從剛才開始，到底在講什麼啊？」

「戲言啊！」

或是殺人鬼的獨白，那位青年說——他一臉得意的表情，令鈴無有些火大。

「才不是什麼殺人鬼，我看你是生病了吧？」

她反駁回去。

真正的戲言——沒想到，青年卻像是完全理解了鈴無所說的話，「原來如此啊！」

然後頻頻點頭。

「是生病了沒錯。一種永無了結的病。如果不想讓它跟著你一輩子，也可以選擇自殺之類的方式解脫——啊啊！這也是一種啊！推理小說中，犯人最後畏罪自殺的橋段。那還真不錯耶！那才算是容易理解的故事結局嘛！想看到結局，也只有死不是嗎？如果你是主角的話。」

「來京都觀光嗎？」

無法繼續陪他說那些莫名其妙的話，鈴無用這句固定臺詞逃避——沒想過一定會成功，但卻意外發揮效用。

「恩呀。」

面對如此普通的問題，他也很普通的回答了。

「八年前是為了煩惱而來——還去了哲學之道呢！不過，這次不一樣。這次，我是來找我自己的。就是這樣。」

不——以回答來說，一點都不普通就是了。

令人摸不著頭緒的話語。

但是。

和先前不同的，似乎稍微能理解他的意思。

將十元收進錢包裡，接過商品之後，青年好像突然想到了什麼似的說。

「啊啊，請給我收據！」

他說。

看起來並沒有在工作的青年，拿著私人用途的鑰匙圈，到底想要申請什麼款項呢？鈴無掩飾住滿心的疑問，盡可能露出了專業的笑容回應。

「好的。買受人的大名是？」

「零崎。」

青年回答。

引以為傲的——報上了自己的名字。

「零崎人識。麻煩妳了！」

◆　◆

京都連續攔路殺人事件。

犯人的行蹤——至今下落不明。

（戲言玩家——無關係）

（關係斷續）

後記──

我說的不是傾向而是印象，總覺得比起說謊的人，世間對做錯事的人世間較為憤怒，較容易被責備的感覺。故意的……說得稍微強硬一點，如果是確信犯而造成傷害，與不小心失敗，或做出平時絕不會做的蠢事而造成傷害的人，當然是都不行啦，但後者似乎會受到較為強烈的批判。譬如說，有某個人殺了人，如果那人否認『我沒殺人』，或著承認『我做了不該做的事』，令人意外的是，受到世間攻擊的竟然是後者……不過公然說謊的人的確很可怕，且世間較會責難後者，這麼說的話，否認自己真的沒殺人的人很可憐，這或許是社會的理想形式，但也不否認有無法釋懷的地方。再舉一個狀況完全不同的例子，懸疑小說作家運用了敘述性詭計沒受到批評，但誤植這樣的錯誤卻會被大肆批判，就像這樣吧……這狀況的前者，反而還會被讚許。一般來想，假設有人說謊，因為不曉得說的是真是假，若是隨意責備對方，如果對方說的是真的就會反駁，因此攻擊的力道自然會緩和，然而，從不同於往常的其他視角到不同角度，轉一個看法來看，做錯事的人或失敗的人，因為本人會畏縮或自責，而比臉不紅氣不喘說著謊言的人還容易受到責難，也就是感覺容易被攻擊。比起攻擊對方壞的那一點，我們人更容易被對方弱的那一點誘發攻擊——是這樣吧？若真是如此，那這樣還真的挺討厭的。如果邪惡、謊言、虛偽、欺瞞或傲慢被視為是人的弱點，那就不是討厭的話題，而且每一種都能保留住面子——如果說這樣才是真正的惡劣的話，既無法反駁什麼也無法同意什麼。在這種狀況下，究竟是失言或虛言呢？

話說回來，本書是人間系列的最終作，也作為關係四部曲前言的一冊。重新回頭讀過後，發現似乎也算是戲言系列的第二集《絞首浪漫派　人間失格・零崎人識》的內面，各位認為呢？將同樣的事件以不同往常的視角到不同角度、轉一個看法來看，看起來是截然不同的氛圍，那並不是在追究哪個是謊言，只是解釋不同而已，從互相的陣營來互相觀看的話，看起就是互相都在說謊吧。謊言或真實，決定這件事的或許是一千年後閱讀這份記錄的人，《零崎人識的人間關係　與戲言玩家的關係》就是這樣的感覺。

替封面畫新圖的也是之前的人間系列的插畫師竹老師。簡直美得不可方物……《與匂宮出夢的關係》《與無桐伊織的關係》《與零崎雙識的關係》等等的插圖，獻上萬分感謝。

西尾維新

浮文字

零崎人識的人間關係　與戲言玩家的關係

（原名：零崎人識の人間関係　戯言遣いとの関係）

作者／西尾維新　插畫／take　譯者／王炘玨
執行長／陳君平　榮譽發行人／黃鎮隆
協理／洪琇菁　國際版權／黃令歡
執行編輯／呂尚燁　美術編輯／李政儀
企劃宣傳／楊玉如、洪國瑋、施語宸
發行／英屬蓋曼群島商家庭傳媒股份有限公司城邦分公司　尖端出版
台北市中山區民生東路二段一四一號十樓
電話：（〇二）二五〇〇—七六〇〇（代表號）
傳真：（〇二）二五〇〇—一九七九
中部以北經銷（含宜花東）／槙彥有限公司
電話：（〇二）八九一九—三三六九
傳真：（〇二）八九一四—五五二四
雲嘉經銷／智豐圖書股份有限公司　嘉義公司
電話：（〇五）二三三—三八五二
傳真：（〇五）二三三—三八六三
南部經銷／智豐圖書股份有限公司　高雄公司
電話：（〇七）三七三—〇〇七九
傳真：（〇七）三七三—〇〇八七
一代匯集／香港九龍旺角塘尾道六十四號龍駒企業大廈十樓B&D室
電話：（八五二）二七八三—八一〇二
傳真：（八五二）二七八二—一五二九
馬新經銷／城邦（馬新）出版集團　Cite(M)Sdn.Bhd.
E-mail：Cite@cite.com.my
法律顧問／王子文律師　元禾法律事務所
北市羅斯福路三段三十七號十五樓
二〇二二年八月二版一刷

■中文版■

郵購注意事項：
1. 填妥劃撥單資料：帳號：50003021戶名：英屬蓋曼群島商家庭傳媒(股)公司城邦分公司。2. 通信欄內註明訂購書名與冊數。3. 劃撥金額低於500元，請加附掛號郵資50元。如劃撥日起 10～14日，仍未收到書時，請洽劃撥組。劃撥專線TEL：(03) 312-4212 ・ FAX：(03) 322-4621。E-mail：marketing@spp.com.tw

國家圖書館出版品預行編目資料

零崎人識的人間關係 與戲言玩家的關係 / 西尾維新 著
; 王炘玨譯 . --二版. --臺北市：尖端出版, 2022.08
面 ; 公分.--(書盒子)
譯自:零崎人識の人間関係 戯言遣いとの関係
ISBN 978-626-338-032-5(平裝)

861.57　　111007686